【新装版】

自動販売機に生まれ変わった俺は迷宮を彷徨う

昼熊

角川スニーカー文庫

23707

1 CONTENTS

Reborn as a Vending Machine,
I Now Wander the Dungeon.

プロローグ

風貌《ふうぼう》の厳《いか》つい男たちに絡《から》まれてしまい、裏路地に引き込まれそうになった絶体絶命のわらわの前を通り過ぎる、一陣《いちじん》の風。

「ぐがあぁっ」

粗野《そや》な男の悲鳴と激突《げきとつ》音が聞こえるが、そんなもの今はどうでもよかった。

「てめえ、何しやがる！」

「か弱い女の子を、おっちゃんたちみたいな強面《こわもて》が、無理やり暗闇《くらやみ》に連れて行こうとしたら、それは犯罪だよ」

体格のいい男二人に凄《すご》まれても、平気な顔をして相手に説教をしているのは――小柄《こがら》な女性だった。革鎧《よろい》に短パンで、金髪《きんぱつ》の髪《かみ》を横で括《くく》っている。

たぶん、年齢《ねんれい》は十代半ばだと思う。革鎧を着ているからハンターだとは思うけど、それでも、あんな怖《こわ》そうな男を相手にするのは無謀《むぼう》すぎる。それに――

「妙《みょう》な格好をして、偉《えら》そうな口を叩《たた》きやがって。仲間に手を出して、それなりの覚悟《かくご》はしているだろうな」

　そう、男が指摘《してき》したように格好が妙と言うか変なのだ。服装は問題ないのだけど、その背に何故《なぜ》か巨大《きょだい》な鉄の箱らしきものを背負っている。

　わらわを庇《かば》うように男たちの前に立ちはだかったので、彼女の背中側が丸見えになり、背負っている鉄の箱が目の前にある。

　何だろう、これ。白を基調としているけど、ガラス板が上半分にはめ込まれていて、その奥にずらっと、見たことがない物が……ええと、本当に何これ。お父様の仕事柄《しごとがら》、古今東西の珍《めずら》しい魔道具《まどうぐ》を目にしてきたけど、こんなのは初見よ。

　表面に山の絵が描《か》かれている透明《とうめい》の瓶《びん》らしき物とか、こっちは小さな筒《つつ》みたいなのに黄色いスープの絵が描いてある。他《ほか》にも、果物の絵が描いて、あっ……これって、本当に絵なのかしら。まるで、本物みたい。かなり腕《うで》の良い絵描きの作品だと思う。

　ますます、この鉄の箱が何なのかわからなくなったけど、それ以上は観察ができなかった。背負っている女性が激しく動き、視界から消えたから。

　愛嬌《あいきょう》のある顔をした彼女は、背負っている鉄の箱など苦でもないのか、素早く踏《ふ》み込み懐《ふところ》に滑《すべ》り込むと、その拳《こぶし》を突《つ》き出した。

　肩《かた》に軽く触《ふ》れた程度にしか見えなかったのに、男がきりもみ回転で空を舞《ま》っている！

　えっ、そんなに強く殴《なぐ》ってないよね。というか、あんな体格のいい男を、こんなちっちゃい人が吹《ふ》き飛ばせる訳がない。

目の前の光景が信じられずに頭で否定していたら、突然《とつぜん》、聞いたことのない男の声がした。

「あたりがでたらもういっぽん」

え、誰《だれ》の声？　というか、当たりが出たらもう一本って何？

「後ろねっ！」

男たちの仲間が一人、背後から忍《しの》び寄っていたのだが、彼女は振《ふ》り返りざまに回し蹴《げ》りを叩き込んだ。

あんな鉄の箱を背負って、何で後ろからの攻撃《こうげき》がわかったのだろう。

「ありがとう、ハッコン」

「いらっしゃいませ」

ハッコンって誰っ⁉　今のいらっしゃいませって何⁉

今の声って鉄の箱から聞こえた気がするけど、違《ちが》うよね。あんなに激しく動いている鉄の箱に、もし人が入っていたら、絶対に酷《ひど》い状態になっている。

あっさりと倒《たお》し終わった彼女に近づき、目深《まぶか》にかぶった帽子《ぼうし》がずれないように手を当てて、頭を下げた。

「ありがとうございました」

「大丈夫《だいじょうぶ》だった？　怪我《けが》はないのかな」

「はい、ぴんぴんしていますわ。あの、お名前をお聞きしても……」

見た目はあれだが、こんな凄腕《すごうで》の少女とお近づきになるチャンスを逃《のが》すわけにはいかない。きっと名の売れたハンターに違いない。

「うんとね、うちはラッミスっていうんだ」

「ラッミス様ですね。しっかりと、胸にきざ――」

「でね、この子はハッコンだよ」

ん？　どの子？　ここにいるのって、わらわとラッミス様と足下《あしもと》に転がる無数の荒《あら》くれ者だけだよね。他に誰もいないのだけれど。

「ええと、申し訳ありませんが、ハッコンさんが、何処《どこ》にもいらっしゃらないのですが」

「あ、ごめんごめん。それじゃ、わかんないよね。よっこいしょっと」

背負っていた鉄の箱を下ろし、その横に並ぶと、手をすっと横に伸《の》ばした。

「この魔道具がハッコンです」

「いらっしゃいませ」

「はい？」

え、何を言っているの。ま、まって、落ち着くのよ。愛用の武具に名前を付けるハンターは珍しくない。きっとそういう類《たぐ》いなのだろう……でも、今、声がしたわよね。

「あ、あの、このハッコン、さんですか。今、言葉を発したように思えたのですが」

「うん、そうだよ。ハッコンってお話しできる魔道具なんだ。決まった言葉だけだけどね」

「そ、そうなのですか、それは凄いですわ！」

それが本当なら、この魔道具とんでもない値段がつくわ。お忍び散歩が失敗して、あんな男たちに絡まれてしまったけど、そんなの帳消しにしてお釣《つ》りがくる。

「凄いでしょー、でも、それだけじゃないんだよ。ハッコンはね、美味《おい》しい食べ物や飲み物を出すこともできます！」

「ええと……」

「あ、信じてないでしょ。論より証拠《しょうこ》だよ。まずはうちが使ってみるね。この商品の下に数字が書いてあるでしょ。これが値段になります。ということで、銀貨を一枚、ここに入れます」

確かに値段らしき表示はあるけど、銀貨一枚で購入《こうにゅう》するとなると、強気な値段設定ね。でも、まさか、こんな鉄の箱で商売ができるなんて……。

「そして、買いたい品物の下の出っ張りを押します。するとー」

がこんっと物の落ちる音がすると、ラッミスはしゃがみ鉄の箱の下側に手を突っ込んで、何やらごそごそやっている。

「このように、商品が手に入ります」

わっ、本当にガラスの向こうに展示されていた物と同じ物が、ラッミス様の手の中にある。えっ、本当なの。この魔道具の価値、とんでもないわ。

「あ、あのわらわ……私も購入させてもらって、構いませんか」

「うんうん、どうぞ、どうぞ」

ラッミスが鉄の箱の前から退き、わらわが代わりに移動すると「いらっしゃい」と声がした。

「ええと、お金を入れて、どれにしましょう。じゃあ、この果物の絵が描いてあるのを」

みずみずしい柑橘《かんきつ》系の果物が描かれている品にしておいた。箱の下側の細長い穴から音がしたので、恐《おそ》る恐る手を突っ込んでみる。

「ひうっ、冷たい」

「うん、冷たいのはキンキンに冷えていて、温かいのはぽっかぽかだよ」

飲み物を冷たく提供できるなんて、この箱どうなっているの。この入れ物って硬《かた》いけど強く押すと少し凹《へこ》むのね。鉄をかなり薄《うす》く伸ばしたのかしら。

これって上の部分が飲み口よね。瓶みたいに細くなっているし。瓶と同じなら、先端《せんたん》のこれ捻《ひね》ったらいいのよね。

カチリと音がして蓋《ふた》が開くと、爽《さわ》やかな香《かお》りが鼻孔《びこう》をくすぐる。

「あっ、いい香り」

万が一、怪《あや》しい薬物が投与《とうよ》されていることを考慮《こうりょ》して、舌を湿《しめ》らす程度だけ口に含《ふく》む。

「えっ、お、美味しいっ」

柑橘系の酸味だけでなく程《ほど》よい甘味が舌の上に広がる。そして、この冷たさが心地《ここち》いい。ごくりと流し込むと、すーっと冷たさが体中に染《し》み渡《わた》り、思わず「ふぅぅ」と声が漏《も》れた。

「気に入ってくれたみたいだね」

あ、全部飲み干している。味も美味しく、言葉も話せる魔道具。それに、購入者の硬貨《こうか》も中にいっぱい詰《つ》まっているわよね。これは掘《ほ》り出し物よ。是非《ぜひ》、手に入れたいわ。

「ええもう、感動です。あっ、助けてもらったお礼をまだしていませんでしたわ。この先に私の家がありますので、少し寄ってくださいませんか」

「そんなの気にしないでいいよ」

「いえいえ。お礼をしなければ両親に怒《おこ》られますわ。助けると思って是非」

と、彼女を引き留めようとしたのだけど、仕事の最中らしく断られてしまった。

「お嬢様《じょうさま》、お嬢様。どこにいらっしゃいますか！」

そろそろ、時間切れのようね。ハンターのラッミス様と魔道具のハッコン。しかと覚えましたわ。

マニア逝く

Reborn as a Vending Machine, I Now Wander the Dungeon.

俺は自動販売機《じどうはんばいき》が好きだ。どれぐらい好きかって？

財布《さいふ》の中身が千円しかなくて、それであと一週間食いつながなければならない状況下でも、自動販売機に見知らぬ商品が入っていたら、迷わず購入するぐらいかな。

じゃあ、それは自動販売機じゃなくて中身が好きなんじゃないかって？

いやいや、どっちもなんだよ好きなのは。自動販売機のデザインも好きだし、その中に多種多様で魅力《みりょく》的な商品が詰め込まれた箱なんだぞ。俺にしてみれば宝箱も同然だ。

飲んだことのない明らかに地雷《じらい》な組み合わせをした炭酸飲料。それを温めたらダメだろと言いたくなるホット飲料。たぶん、ここで俺が買わなければ一ヶ月後には消えている。なら買うしかないだろ。

飲料だけじゃない。スナック菓子やパン、冷凍《れいとう》食品を自動で温めてくれる物だってある。

もちろん食べ物以外も、文房具《ぶんぼうぐ》、服、靴下《くつした》、アダルトなアイテムまで取り揃《そろ》えている自動販売機。惹《ひ》かれない方が嘘《うそ》ってもんだ。

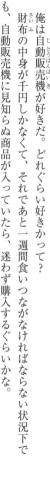

古今東西のあらゆる自動販売機があまりに好き過ぎて、ネットで見つけた珍《めずら》しい自動販売機を巡《めぐ》る旅に出たことだってある。あれは最高の旅だった。激写しまくった写真はパソコンの秘蔵ファイルに満載《まんさい》されている。

そんな俺が自動販売機に押しつぶされて死んだのはある意味、必然だったのだろう。

自動販売機を設置する為《ため》に軽トラックの荷台に置かれていた自動販売機。それが急カーブから飛び出してきた車との接触《せっしょく》事故により、俺の方向へ飛んできたのだ。

今思えば全力で避《よ》けていたら助かっていたかもしれない。だが、その真新しいデザインの美しいフォルムをした自動販売機に目を奪《うば》われていた俺は、この自動販売機を助けなければと、地面に激突《げきとつ》する前に受け止めようとしたのだ。

中身が詰まっていない自動販売機であっても400kg前後、中身が詰まっていたら800を超《こ》えると言われている。そんな重量の鉄の塊《かたまり》が吹き飛んできて、それを人が受け止められるかどうか。

答えは――押し潰《つぶ》され絶命した俺を見ればわかるだろう。

そうして、自動販売機マニアはある意味、本望《ほんもう》である死に方をしたのだった。

◆

本来はそこで終わる筈《はず》の話なのだが。俺の物語には続きがあった。

鉄の冷たさを抱《いだ》きながら永遠の眠《ねむ》りに落ちた俺は、唐突《とうとつ》に目が覚めたのだ。

死ななかったという安堵感《あんどかん》と同時に、受け止めた自動販売機が無事なのかと心配になったが、それは杞憂《きゆう》だった。

何故《なぜ》だって？　それはもう少しすれば嫌《いや》でもわかるさ。

何処かわからない湖の近くに俺は突《つ》っ立っていた。体も動かず、声も出せず、感覚もなくただそこにいた。

わけもわからず叫《さけ》び出したかったが、口から出た言葉は――

「いらっしゃいませ」

予想もしない言葉だった。思わず俺の正気を疑い、誰《だれ》か別の人の声ではないかと思ったが、自分で話した自覚はある。

心を落ち着かせて、もう一度声にしてみる。

「ありがとうございました」

聞き取りやすいはきはきとした話し方と声。それは俺の声なのだが違和感《いわかん》がある。そもそも、そんなことを話すつもりではなかった。だというのに、声に出そうとしたら自然と今の言葉が出てしまったのだ。

今度こそと、精神を集中して発言する。

「またのごりようをおまちしています」

続けて、

「あたりがでたら　もういっぽん」

更《さら》に、

「ざんねん」

そして、

「おおあたり」

この言葉のチョイスには聞き覚えがある。今まで何度も聞いてきたので、間違いはない。これは俺の好きなメーカーの自動販売機で購入した時に聞こえてくる声だ。

いや、まさかな。幾《いく》ら何でも荒唐無稽《こうとうむけい》すぎる。自動販売機が好きでたまらなかったとはいえ、死んで自動販売機に生まれ変わるなんてあり得ない……よな？

だって、こうやってちゃんと広大な景色も見えている。

大空には、ぽつぽつと小さな雲が浮《う》き、目の前には巨大《きょだい》な湖がある。どうやらここは湖《こ》畔《はん》みたいだ。視線を下に向けたら、こうやって自分の姿が湖面に映るし。

白く真っ直《す》ぐに伸《の》びた四角形の身体《からだ》は、優雅《ゆうが》さと機能美を併《あわ》せ持つ完璧《かんぺき》なスタイルだ。磨《みが》き上げられたガラスの奥には、ペットボトルのミネラルウォーターと小さめの缶《かん》コーンスープが整然と並び、黄金比と呼んでも差支《さしつか》えのない計算された美を感じさせる。そして、暑さ寒さを乗り越《こ》えられるように、冷たいと温かいという二段構えの優《やさ》しさ。

それに加え、缶は100円、ペットボトルは130円という良心的な値段設定。どれをとっても素晴《すば》らしい……自動販売機だこれ！

ええええええっ、嘘だろ、あり得ないだろ！　死んだら自動販売機に転生って、最悪……ではないな。大好きだった物に生まれ変われるなんて、これはもしや神様の慈悲《じひ》か。い、いや、でもなあ。車が好きだから車になりたいって訳じゃないし。あ、でも、幼稚《ようち》園児《えんじ》だった頃《ころ》、友達が「ボク大きくなったらパトカーになる！」って断言していたな。夢は叶《かな》っただろうか。

なってしまったものはしょうがない、と思うしかない。正直、そんなに悪い気はしないのがマニアの悲しいところだ。

泣いて喚《わめ》いたところでどうなるものでもないだろうし。納得《なっとく》はいかないけど、受け入れるしかないか。胸に溜《た》まったモヤモヤも全《すべ》て吐き出す様に、息を吐いた。

「おおあたり」

黙《だま》れ、俺。

どうやら声に出そうとすると、自販機に予《あらかじ》め録音されている声が漏《も》れるようだ。何度も試《ため》してみた結果、何が話せるか判明した。

「いらっしゃいませ」「ありがとうございました」「またのごりようをおまちしています」「あたりがでたらもういっぽん」「ざんねん」「おおあたり」「こうかをとうにゅうしてください」

これだけらしい。何も話せないよりマシかもしれないが、これで誰かと会話することは不可能だよな。人が来たとしても、この言葉を連呼する自動販売機があったら俺なら逃《に》げる。

会話は諦《あきら》めるとしても、他に何かできないのだろうか。自動販売機としてやれそうなこと……商品の販売か。客がいないから今はどうにもならない。

そういや人っ子一人いないが、売り上げは大丈夫《だいじょうぶ》なのだろうか。

ここが辺ぴな場所だったとしても、誰かしら人は通るだろうし、売れ行きの悪い場所に自動販売機を設置するとは思えない。

見た感じでは観光地っぽいなここ。湖畔に別荘《べっそう》があるのかもしれない。もし、客が来ないとしてもメーカーの点検や、商品の入れ替《か》えにはやってくるだろう。

いずれ誰かと会話できるチャンスを生かす為に、何かやれることは無いか模索《もさく》してみるか。

まず体が動くのが理想的だが、さっきから何度も挑戦《ちょうせん》しているが微動《びどう》だにしない。自動販売機に手足が生えて自由自在に動けたら、それはそれで怖《こわ》いが。

他に何かやれることはないのか。さっきから自動販売機に予め仕込《しこ》まれていた音声を自分の意志で再生している。ということは己《おのれ》の意志で自動販売機の機能を、ある程度は動かせると思うわけで。

自動販売機のやれることと言えば、お金を入れてもらって商品を出す。それだけだよな。お金がなくても商品を出すことは可能だったりするのだろうか……他にすることもないし、試してみよう。

まずは自分の体を理解することから始めようか。ええと、俺は人間ではなく自動販売機であることを認めてみるか。筋肉や骨や内臓は、パーツや電極や商品。声は録音されている音声の再生。手や足は存在していない。

なんとなく、そんな気はしてきた……ような？

こういうのは現実を受け止め、冷静に状況《じょうきょう》を判断する。そして時に熱く気持ちを高ぶらせ大胆《だいたん》に行動する。

そうまるで、冷たいと温かいに分けられた飲料のように……。我ながら意味不明だが、ここはそう思い込もう。

俺は自動販売機なのだ。人間は自分の意志で体を自由に動かせる。ならば自動販売機である俺が自分の意志で性能を操《あやつ》れないでどうする。

信じろ、成りきれ、俺は自動販売機だ。自分の体を理解しろ！

《自動販売機》

〈冷〉　ミネラルウォーター　130円（100個）

〈温〉　コーンスープ　　　　100円（100個）

PT　1000

〈機能〉保冷　保温

えっ、唐突に脳内……脳は無いか。まあ、頭にそんな文字と数字が浮かんだ。

んー、これって俺の体にある飲料の種類だよな。寂《さび》しいラインナップだが、怪《あや》しげな類《たぐ》いの飲み物でないだけマシか。何と言ってもミネラルウォーターは強いからな。

冬場の缶コーンスープって美味《おい》しいしね。そういや、メーカーはわからないのかな。

また唐突に文字が浮かんできた。

ええと、ミネラルウォーターのメーカーがずらりと並んでいる。誰でも知っているような有名なところもあれば、あまり知られていない社名もある。まあ、俺は全部知っているし、全て飲んだことあるけど。

　今、設置されているのはミネラルウォーターで一番メジャーな会社の物か。これって変《へん》更《こう》できるのかな。

《種類を変更する場合はポイントを消費してください》

　何だ、今度は文字だけが現れたな。ポイントって何だ。あれか、コーンスープの下に書いてあったＰＴってやつか。

　だとしたら、どうやって使うんだ？　ええと、頭に浮かんでいるこの表示ってどうにかして操れないのかな。手も足もないなら、見えない何かで操るような、曖昧《あいまい》な感覚でどうにかしてくれないだろうか。

《ポイントを10消費してメーカーの変更をします》

　どうにかしてくれた。こう、脳内でマウスを動かしてＰＴに持ってゆくイメージで何とかなったな。脳内で左クリックをするような感じで操ると、今の文字が出た。あれ、ってことは右クリックしたらどうなのかな。

《ポイントとは金銭を元に変換《へんかん》。ポイントを消費することにより、商品の補充《ほじゅう》や変更、機能追加が可能。電力代わりに一時間ごとにポイントを1消費します》

　お、説明が出るのか。これは便利だな。なら、自分の体について隅々《すみずみ》まで調べさせてもらうとするか。

情報を収集した結果、以下の事がわかった。

ＰＴというのはポイントのことで、これを消費して商品の補充と変更、そして、自動販《はん》売《ばい》機《き》の機能すら変えられるらしい。

機能追加というのは飲料を温めたり冷やしたりするだけではなく、冷凍《れいとう》食品を温める機能やカップラーメンにお湯を注いだりも可能になるみたいだな。色々書いてあったが、上の方だけざっと目を通しておいた。

機能追加はおいおい調べるとして、まずは変更できる商品の種類を調べたのだが、ずらっと尋常《じんじょう》ではない量の商品が並んでいた。その全てに目を通したのだが、どうやら俺が死ぬまでに自動販売機で購入した物は、全てポイントで得られるようになっているようだ。

試しに、冷たいミルクティーをポイント交換《こうかん》してみたのだが、ＰＴ10消費して、（冷）ミルクティー（１００個）が手に入った。冷たいコーナーを占領《せんりょう》していたミネラルウォーターの一番右だけをミルクティーと入れ替えておく。値段も設定できるので１００円にしておいた。

ちなみに100円で1ポイントと変換できるそうだ。って、もしかして、俺って売り上げを使い自力で補充するシステムなのか。何と言うか一般《いっぱん》的な自販機から逸脱《いつだつ》しているよな。

そうそう、おかしなところと言えば自分の体を確認《かくにん》できるようになってわかったのだが、俺の体、電気で動いていない。説明にもあったのだが、どうやらポイントを消耗《しょうもう》して電力代わりにしているらしい。一時間で1ポイントの消費なので一日で24消滅《しょうめつ》することになる。つまり一日2400円も消費するのか。

まだ900以上は残しているので、一ヶ月はこのままでも稼働《かどう》し続けられるようだ。とはいえ、ポイントの無駄遣《むだづか》いは自重しよう。売り上げが安定するまでは冒険《ぼうけん》を控《ひか》えないと。

とまあ、色々と考察しているのには理由がある。暇《ひま》なのだ。自動販売機になってから丸二日過ぎたが誰《だれ》も来やしねえ。よく見ると道も舗装《ほそう》されてない湖畔に置いても、人が来るわけないよな。

まさか……一生誰も現れずに機能停止なんてオチは無いだろうな。

んん、んー、機能追加も調べておくか。タイヤが生えて自動で動く機能とかないだろうか。

ここはどう考えても場所が悪すぎる。もっと、人の多い場所に移動したい。

ええと、機能、機能。電子レンジ、お湯とかがあれば温かい食べ物を提供できるな。他には、おおっ紙コップに注ぐタイプも可能なのか。あとは……ん？　機能の下に何か変な項目《こうもく》があるな。何だこれ。

「グゲッゴゲッゴ」

お、生き物の声がした。考え事は後回しにしよう。ずっとボッチプレイだったからな。生き物がいるというだけで妙《みょう》に心が弾《はず》むぞ。

聞いたことのない鳴き声だったがカエルっぽいような。声の聞こえてきた方向は湖近くの森からか。目があるとは思えないが気持ちだけでも目を凝《こ》らしてみる。

木の陰《かげ》から何か出てきたぞ――はい？　え、最近のカエルって皮膚《ひふ》が黒っぽくて革製《かわせい》の鎧《よろい》っぽいのを着込むのが流行なのか。手に出来損《できそこ》ないの木製バットのような物を握《にぎ》っているな。おまけに二足歩行しているぞ。

新種のカエルというには無理があるよな。顔が人間ぐらいの大きさだし、剝《む》き出しの腕《うで》と足には無数のイボがある。目は吊《つ》り上がっていて、カエルのくせに鋭《するど》い犬歯が見える。あれ、どう見ても化け物だよな。二足歩行のイボガエルか。身長は150もなさそうだが見るからに凶悪《きょうあく》そうな生き物だ。

特殊《とくしゅ》メイクだとしたらハリウッドも真っ青なレベルだが、肌《はだ》のぬめっとしたテカリ具合と、目の動きが作り物とは思えない。

ってことは、ここは日本じゃないのか。普通《ふつう》なら驚《おどろ》く場面なのだろうけど、自動販売機になった時点で常識とか鼻で笑う次元だよな。

あれっ、異世界とかだとしたら通貨とかどうなっているのだろう。円じゃないよな、やっぱ。てことは日本円を手に入れられないから、詰《つ》んでないか!?

「ギュルグゲッゴ？」

あ、カエル人間がこっち見ている。おいこら、近づいて来るな。待てよ、革鎧《かわよろい》を着ているのなら知的生命体の可能性が高い。見た目で判断するのは人として最低だ。初めてのお客さんになるかもしれない。

「いらっしゃいませ」

言葉は通じなそうだが、取り敢《あ》えず挨拶《あいさつ》しておいた。

「グワゲゴ!?」

驚いて周囲を見回しているぞ。残念、声は自動販売機からなのだよ。

棍棒《こんぼう》を構えて、腰《こし》を低くしているな。ここで、もう一度声をかけたら、良いリアクション見せてくれそうだが……やめておこう。

暫《しばら》く、様子を窺《うかが》っていたのだが何者かを発見できずに諦めたようで、再びこっちに向かってきている。

近くで見ると、迫力《はくりょく》満点だな。爬《は》虫類《ちゅうるい》や両生類ってそもそも苦手なんだが、それが人間と変わらない大きさになると、おぞましさも倍増だ。

自動販売機である俺から一定の距離《きより》を保ったまま、グルグルと周囲を回っている。これが何であるか理解できないのか。

一周して帰ってきたカエル人間が腕を振《ふ》り上げ……って、おいやめろ！　その棍棒で何する気だ！

止める術《すべ》を持たない俺は棍棒が振り下ろされるのを黙《だま》って見ているしかできなかった。

ガラス部分に棍棒が当たり、衝撃《しょうげき》で自動販売機が揺《ゆ》れる。

《3のダメージ。耐久力《たいきゅうりょく》が3減りました》

今度は何なんだこの文字。ダメージとか耐久力ってゲームじゃあるまいし。ああ、くそ。自動販売機を傷つけるなんて、最低の生物だ。この機能的でありながらも芸術性溢《あふ》れるフォルムが理解できないのか！

《2のダメージ。耐久力が2減りました》

くそ、カエルが調子乗りやがって。無抵抗《むていこう》なのをいいことにまた殴《なぐ》りやがったな！　痛覚が無いみたいだからまだマシだけど、このままだと故障しないか⁉

って、耐久力って何だ。この自動販売機の頑丈《がんじょう》さというか生命力ってのが妥当《だとう》っぽいけど。

《耐久力　これが尽《つ》きると自動販売機は壊《こわ》れて使用不可になります》

あれか、ＨＰ《ヒットポイント》みたいな感じか。今どれだけ残っているのだろうか。てか、自動販売機の耐久力とか性能を調べることは……。

《自動販売機》
耐久力　９５／１００
頑丈　１０
筋力　０
素早《すばや》さ　０
器用さ　０
魔力《まりょく》　０
〈機能〉保冷　保温

おおっ、何かまた出てきた。これが俺のステータスか。耐久力と頑丈以外は0って。まあ、他の能力は自動販売機には必要ないだろうけどさ。魔力が表示されているって事は魔法が存在する世界って事なのか……くそっ、魔法使える自動販売機とかカッコ好《よ》さそうなのに、魔力もないのか。

って、アンニュイな気分に陥《おちい》っている場合じゃなかった。ど、どうする。このまま、図

られ続けたら破壊《はかい》されるぞ。ど、どうにか、撃退《げきたい》か耐久力を回復させる方法は無いのか⁉

《耐久力はポイントを消費して回復できます》

そ、そうなんだ。だとしたら、ポイントはまだ900あるから、持久戦に持ち込めば相手が諦《あきら》めるかもしれない。

そんな俺の考えを嘲笑《あざわら》うかのように、森から新たに三体カエル人間が現れた。フラグ回収早いな！

や、やばい、やばすぎるぞ。カエル人間の一体は手に斧《おの》もってやがるし、あれで叩《たた》かれたらシャレにならんぞ。

《2のダメージ、耐久力が2減りました》

わかってるよっ！　ど、どうする。機能追加で何か良さそうなのはないか⁉

お湯注入　購入時《こうにゅう》ファンファーレ　受け取り口の衝撃吸収材　当たり付きルーレット

……使えねえなあッ！　もっと、こう現状を打破するような画期的な機能は！

その時、俺の目に飛び込んできた機能に目を奪《うば》われた。目は無いけど。

《変形》ポイント1000000000

何だ、ロボットにでも変形してくれるのだろうか。これは男のロマンが詰まった機能だ！　でも、10億ポイントってお前な……取らせる気ないだろ。

だ、ダメだ。もっと現実的で購入可能な機能は、現状を打破できるとっておきとかないのか!?

　ざっと目を通していく間にも《2のダメージ、耐久力が2減りました》と報告の文字が何度も浮《う》かんでいる。ああ、早く、早く、何かもっと効果的……あ、そういや下の方に。

　さっき見つけてはいたが後回しにしていた、あの文字をもう一度確認する。

《加護》

　加護って何だ、って考えるのは後にして取り敢えず、これを調べよう。

《加護　神から与《あた》えられる特別な力。一つだけポイントを消費せずに得ることができる》

　おおっ、一個だけ自由に選べるのか。何かよくわからないけど、すっごい超能力《ちょうのうりょく》みたいな魔法みたいな力だよな!?　よ、よーし、選ぶぞ！

《身体変化　視界移動　念話　吸収　強奪《ごうだつ》　剣技《けんぎ》　格闘技《かくとうぎ》　火属性魔法　水属性魔法――》

　格闘《かくとう》系とか剣技とかどうしろと仰《おつしや》るので!?　手も足も出ねえよ！　いつか変形取ってから手に入れてやるからな、待ってろよ！

　って言ってる場合じゃないって、学習しろ俺！

　魔法って、魔力ないから使えないじゃないか。ええと、他には念話で話しかけるというのは、言葉は関係なく通じそうだが、説得に応じるようには見えないよな。

　ほ、他には、自動販売機でも有効そうな加護は無いのかっ！

下の方まで目を通していくうちに、一つ目を逸《そ》らせない単語があった。それは〈結界〉と書かれていて、効果は《自分の周囲半径一メートルに不可侵《ふかしん》の結界が張れる。対象を選んで出入りを可能にできる》こ、これだあああっ！

《2、3、5のダメージ　耐久力が10減りました》

もう、時間も余裕《よゆう》もない。こ、これにするぞ！

〈結界〉を選ぶと、体に温かい何かが潜《もぐ》り込んでくるような感覚があった。な、何か、よくわからないけど〈結界〉発動っ！

「グゲゴゴゲゴッ!?」

おっ、カエル人間が吹《ふ》っ飛ばされやがった。尻《しり》もちをついてやがるな。今までよくも好き勝手殴ってくれたな、何か一言言わないと気が済まんぞ。

「またのごりようをおまちしています」

ふっ、言葉は通じないようだが、気分がすっとした。カエル人間も馬鹿《ばか》にされたのを理解したのか、手にした武器を掲《かか》げて突《つ》っ込んでくるが、俺の周りの青白い光に阻《はば》まれて、近寄れないようだ。

「あたりがでたらもういっぽん」

更《さら》に挑発《ちょうはつ》してみる。おうおう、躍起《やっき》になって突っ込んで来よるわ。この〈結界〉もしかして凄《すご》くできる子なのではないだろうか。半透明《はんとうめい》の青い壁《かべ》が四角く周囲を取り囲んでいるのだけど、そこに何度も武器を振り下ろされているが、余裕で弾《はじ》き返している。

ふはははは、これで壊れない無敵の自動販売機《じどうはんばいき》の完成だ！

《ポイントが1減少　ポイントが1減少　ポイントが1減少……》

ちょ、ちょっと待て！　ポイントが湯水のように減っているのですけどっ。何だ、この〈結界〉って持続するのにポイントを消費するのかよっ！

え、ちょっと、そ、そろそろ、カエルさんたちは自宅に帰るというのは如何《いかが》でしょうか。

「またのごりようをおまちしています」

あ、攻撃《こうげき》の勢いが増した。今のは挑発したつもりじゃなかったのだが。おおっ、ガンガンとポイントが減っていく。ほんとマジで、もう諦めた方が良いと思うのですがっ！

あれから、暫くカエル人間は結界を殴り続けていたが、どうにもならない事を悟《さと》ったようで、渋々《しぶしぶ》といった感じで立ち去っていった。
何とか助かったのはいいが……確認《かくにん》しておこうか。

《自動販売機》
耐久力　65／100
頑丈　　10
筋力　　0
素早さ　0
器用さ　0
魔力　　0
PT　346

〈機能〉保冷　保温
〈加護〉結界

ポイントがごっそり減っている。〈結界〉のおかげで助かったのは確かだが、燃費が悪すぎる。また魔物《まもの》に襲《おそ》われたら、撃退できるかどうかも怪《あや》しいぞ。

これ、本格的にやばいよな。耐久力も減っているし、自動販売機のボディーが見るも無残な姿に。ポイントは貴重だが、このまま放置して壊れても困る。直しておこうか。

ポイントを35消費して全快したから、残り311ポイント。一日で24消費するから、何もしなければ十日以上持つけど、このまま購入者が現れなければ、機能停止待ったなしか。

そうなったら俺は死ぬのかな……だとしたら、あまりにも悲惨《ひさん》な新しい人生——自動販売機生過ぎるだろ。

まずは、人間か人間並みの知能を持った魔物と出会いたいが、待つしかないよな。これ以上ポイントを消費するわけにはいかないし。待つしかない……誰《だれ》かが現れるのを。

◆

あれから三日過ぎた。人間は現れず、遠くからこっちを見つめるカエル人間を、何度か目撃したぐらいだ。

刻一刻と自分の死が迫《せま》る感覚に身が震《ふる》える代わりに、ウィーンと自動販売機が音を立てる。緊張感《きんちょうかん》が霧散《むさん》するな。

はぁー、死ぬ前に一度自動販売機として物を売りたかった。折角、生まれ変わったのだから、それらしいことを一度ぐらいしたかったのだが。

「も、もう駄目《だめ》、お腹《なか》が空《す》きすぎて力が出ない……はあ、何でうちっていつもこうなんだろう……」

ひ、人の声だ！　神は我を見捨てなかったのかっ！

女性の落ち込んだような声だったが、たぶん若い女性だよな今の声は。何処《どこ》だ、何処から聞こえてきた⁉

言葉が通じるのかという疑問がずっとあったが、相手の言葉は理解できたということは、こっちの呼びかけも通じる筈《はず》だ。異世界なのに日本語が通じるとかツッコミどころは山ほどあるが、そんなもの今はどうでもいい。

こちとら命が懸《か》かっているんだ。

「一緒《いっしょ》にチームを組んでいた人にも見捨てられて……怪力《かいりき》の加護があっても、こんなにどんくさかったら、意味ないよね……」

声が聞き取りやすくなってきているということは、こっちに向かって来ているってことだよな。切実に追い込まれている感じが伝わってくる悲壮《ひそう》な声をしている。仲間に見捨てられたのか。カエル人間がうじゃうじゃいるところで、それって致命的《ちめい》なんじゃ。

「食料の入った鞄《かばん》も逃《に》げる際に落としたし……お腹と背中がくっつくよ……もう、最悪……おかん、おとん、うち、もうあかんわぁ」

泣きが入った。呟《つぶや》く声も後半は関西弁のような訛《なま》りが混ざっていたな。田舎《いなか》から出て来て夢破れた感がひしひしと伝わってくる。

でも、こんな魔物がいる場所に、そもそも何しに来たんだ。旅の途中《とちゅう》か、それとも町や村が近くにあるのかな。

「ハンターなんて、うちには、無理やったんや。ごめんなぁ、おかん、おとん」

ハンターって何だ。狩人《かりゅうど》ってことなら猟師《りょうし》なのかな。某《ぼう》ゲームなら魔物を狩《か》る職業な感じだが、カエル人間がうろつくような世界だ。そっちの可能性も捨てがたい。

「食べるもんもないし、どないしたらええんよ。蛙人魔《かわずじんま》を倒《たお》して肉を……あかん、うち一人じゃ攻撃があたらへんし、お腹空いて力でえへん」

怪力の加護を持っていると口にしていたから、力は自信があるけど武器の扱《あつか》いが下手ということなのだろうか。器用さ低そうだな。

荷物が無いって事はお金が無い可能性が高いな。う、うーん、まだわからないけど、期待感が凄く薄《うす》れている。

「へっ、あれはなんや？　石碑《せきひ》？　にしては鉄っぽくあらへん？」

おっ、俺に気づいたか。声からしてかなり近いようだが、裏側だからどんな相手かわからないんだよな。前に回ってくるんだ。

俺が念を飛ばしていると、その効き目があったのかどうかは不明だが、裏から回り込んできた女性が姿を現した。

「な、なんやこれ。綺麗《きれい》な形してるんやけど。ガラスの向こうにあんのは、飲み物？」

小首を傾《かし》げているのは小柄《こがら》な女性だった。金色の髪《かみ》を横で纏《まと》めているな、サイドポニーテールと言うのだったか、この髪形。

身長は160にも満たない感じで、目が大きく鼻筋が通っているが、綺麗というよりは可愛《かわい》らしい。アイドルにでもなったら、人気沸騰《ふっとう》しそうな愛らしさがある。

おどおどとしていて涙目《なみだめ》なのが、保護欲をそそる。って、俺は変態か。ま、まあ、そんなことより、この子の格好が目を引く。

靴《くつ》は登山用のブーツのような感じで、黒いタイツと青い短パン。ここまでは理解できるし、違和感《いわかん》もない。だが上半身が妙《みょう》なのだ。

警察官が危険な現場で着ている袖《そで》のない革製《かわせい》の防弾《ぼうだん》チョッキ……いや、革鎧《かわよろい》だよなこれ。肩《かた》パットみたいなのがあるし。頑丈《がんじょう》そうな手袋《てぶくろ》も装着している。

何と言うかファンタジーっぽい格好だ。頭のてっぺんから足先まで観察してみると、腰《こし》のベルトに小さな袋《ふくろ》が取りつけられている。あれって、貴重品やお金が入ってそうだが。

「お水あるけど、これどうやって取り出すんかな。文字っぽいの書いてるんやけど、読まれへん」

言葉は理解できても文字は通用しないのか。となると、購入《こうにゅう》以前の問題になる。何とか誘導《ゆうどう》するしかないか。

「このガラス壊《こわ》したらとれるんかな。でも、そんなんして壊したらもったいないしアカンよな」

「いらっしゃいませ」

「な、なんや、今の声どっからしたんや⁉」

きょろきょろしているな。怯《おび》えながら警戒《けいかい》する姿がちょっと可愛らしい。

さて、ここで逃げられたら元も子もない。一気に畳《たた》みかけてみよう。

「こうかをとうにゅうしてください」

「へぇ！　この鉄の箱が話したの？　硬貨《こうか》、お金ってこと？」

その疑問に答えてあげたいが、生憎《あいにく》、決められた言葉しか話せない。

申し訳ないが自力で察してくれ、頼《たの》む。こっちも今後の生存が懸かっているんだ。

「え、えと、硬貨って銅貨でもいいのかな、あ、でも流石《さすが》に青銅貨……銀貨ぐらいじゃないと、もしかして金貨……そんな高価な硬貨は無いし」

　この世界の通貨は銅貨、青銅貨、銀貨、金貨って感じなのか。更に上もありそうだが。まあ、それが日本円に換算《かんさん》して幾《いく》らなのか不明だけど。イメージだと銅貨が10円ぐらいなのだろうか。

「投入って、お金入れられそうなのって、この細い穴と透明《とうめい》の蓋《ふた》がある四角い凹《へこ》みかな」

　この子は警戒心《けいかいしん》が薄いのか純粋《じゅんすい》なのか。こんなシチュエーションでビビりながらもお金を入れようとしてくれている。この性格だと荒《あら》っぽい生活には向いてなさそうだ。初めての客としては、ありがたいけど。

　そうそう、そっちの細い穴に入れるんだ、オーライ、オーライ、そのままゴー！

　カランと硬貨の転がる音が体内に響《ひび》き、異物が入ったことがわかる。さあ、銅貨らしいがこれでポイントが入れば……。

《硬貨が異なります。機能で硬貨変換《へんかん》を取得すれば対応できます》

　マジか。そういや、あったなそんなの。ちょ、ちょっと待ってくれよ。ええとここら辺に、あったあった！　ポイント消費は100なら足りる！

「あれ、やっぱり銅貨じゃダメだったのかな。え、何か数字が表示されている……10？　えっと、銅貨一つで10増えるってことは、商品の下の数字が関係しているのかな、100って書いてあるから……うっ銀貨一枚なんだ。これだけあったら晩御飯《ばんごはん》食べられるんやけど……」

　あれ？　硬貨変換したら値段表示も変化したのか。日本円だと銅貨一枚で10円ってことなのか。銀貨が1000円でコーンスープとミルクティーが購入できる値段になる。あれ、なら値段100のままでいいんじゃ。ど、どうやって変更すればいいんだろう。

「で、でも背に腹は替《か》えられないよね。お腹空いているし。ここで死んだらお金なんて意味ないんだし。よ、よ――し、いくでぇ！」

　この娘《むすめ》、興奮したり落ち着きがなくなると方言が出るみたいだ。

　銀貨が体内に投入されて、かっと体が燃え上がるような興奮が全身を駆《か》け巡《めぐ》る。よし、金額は満たされた。さあ、商品を選んでくれ！

「この出っ張りの光っているのが買えるってことだよね……じゃ、じゃあ、ええと、スープの絵が描《か》いてあるのにしようかな」

　言葉が通じないとなると内容が一目でわかる商品の方が良さそうだな。ちゃんと覚えておこう。

　震える指がコーンスープのボタンを押し、取り出し口にコーンスープを落とした。

「わっ、なんやいまの⁉　下の方から音がしたんやけど」

　そーっと怯えながら取り出し口を覗《のぞ》き込んでいる。

　そうそう、それが正解だから。さあ、勇気を出して取り出してくれ。

「手を突《つ》っ込まんとあかんのかな。入れたら食われるとか、せえへんよね？」

しないしない。だから、早く取ってくれ。このコーンスープは俺のおすすめのメーカーだから。味もさることながら、缶《かん》の仕様が気に入っているんだよ。

コーンスープの缶で誰もが経験する、コーンの粒《つぶ》が残るあの現象。あれを無くすために、ここのメーカーは考え抜《ぬ》いて一つの結論に達したのだ。

飲み口を大きくするというのは他《ほか》のメーカーもやっていた。だが、ここはプルタブ缶ではなく、ボトル缶をいち早く採用した。更《さら》に飲み口を大きくしたことにより、コーンを余すことなく頂けるようになった。あのイライラから解消されたのだ。

「あ、取れた。すっごく温かい！　えと、瓶《びん》みたいに蓋を捻《ひね》ったらいいのかな。えいっ。うわあああ、いい香《かお》り」

そうなんだよ。飲み口が広いから香りが一気に溢《あふ》れて、鼻腔《びこう》をくすぐってくる。それが、寒い時期にはもうたまらなくて、何度購入したことか。

彼女は蓋を開けて、口に当てるとボトル缶を少し傾《かたむ》けた。かっと目が見開き、喉《のど》が大きく膨《ふく》らんだ。

「ふあああぁぁ。おいしいいいいぃぃ！　な、なんやこれ。うちが利用している飯屋とは比べ物にならへん美味《おい》しさや！」

おおっ、一気に飲み干した。口の周りに付着しているコーンスープを舌で舐《な》めとり、至福の表情を浮《う》かべている。くううううっ、何だろうこの嬉《うれ》しさ。こんなにも喜んでもらえたら、自動販売機《じどうはんばいき》冥利《みょうり》に尽《つ》きるな。

「はああ、もうなくなってもうた。これがこんなにも美味しいんやから、他のもごっつう美味しいんやろうな。透明なんは水やろうし、ほんなら、あのカップに入っている明るい茶色の飲み物も、やっぱ飲んでみんとあかんよな、うん」

あ、また銀貨投入してくれた。その後、ミルクティーもかなり気に入ってもらえたようで、更にコーンスープを三つ、水を一つ購入してくれた。

合計6300円、こっちの硬貨で言うなら銀貨六枚、銅貨三十枚の収入となる。ポイントに換算すると63ポイントも増えた。値段設定は、このままでも充分《じゅうぶん》いけそうだな。

心と体が満たされ緊張《きんちょう》の糸が切れたのか、女ハンターらしい少女が俺に背を預けて眠《ねむ》っている。無防備極《きわ》まりないが、大切なお客様だ。俺がちゃんと〈結界〉で守るから安心して寝《ね》てくれ。

そう言えば購入後の空き缶や空のペットボトルは消滅《しょうめつ》しているな。ゴミ対策もばっちりなのか。異世界に優《やさ》しい自動販売機のようだ。

「へうぁ？　あっ、寝てもうたんか。魔物《まもの》が現れへんでよかったわぁ」

目が覚めた少女が胸《むね》を撫《な》で下ろしている。あれだな、小柄で幼い顔の割に胸は大層立派だ。革鎧で押さえつけられているというのに、上から見下ろす形だと胸の谷間がハッキリと分かる。

「お金はだいぶ減ったけど、お腹《なか》も心も満たされたわ。ほんまにありがとうな」

少女は自動販売機である俺に深々と頭を下げている。何て良い娘さんだ。俺の方こそ感謝だよ。お金を入れてくれたおかげでポイントを増やせるし。

「ありがとうございました」

この言葉が自販機に入っていて本当に良かった。こうやって感謝の言葉を伝えられる。

「え、あ、はい。こちらこそ。ええと、貴方《あなた》はお話ができるの？」

答えてやりたいが、その返答ができないもどかしさに、生身の身体《からだ》があったら身悶《みもだ》えているところだ。どうにかして、こちらの言葉を、思いを、届ける方法はないのか。

「ええと、もしかして特定の言葉しか話せないのかな。知り合いにね、魔力を込《こ》めた道具の発明をしている人がいてね、名前はヒュールミっていうんだ。ってああ、うちも名乗ってなかった。ラッミスっていうの」

ふむふむ。ちゃんと覚えておこう。初めてのお客様の名前はラッミス。よっし、忘れないぞ。

「でね、その子の発明の一つに、声を物に封《ふう》じて、それを解放させる研究をしているの。店の呼び込みとかを自動で出来ないかって言っていて。貴方もそういった感じなのかな。もしあっていたら、何でもいいから声に出してくれたら嬉しいな」

おおっ、意思の疎通《そつう》をする最大のチャンス！　この子はかなり勘《かん》が鋭《するど》いのだろうか。これは嬉しい誤算だな。

「いらっしゃいませ」

「うわぁ。わかるんだね！　ヒュールミがこれを知ったら感動するんだろうな。あ、じゃあ、そうだ、もしよかったら、はいの代わりにいらっしゃいませ。で、いいえの代わりに別の言葉を話すってのはどうかな」

何というグッドアイデアだ。はい、と、いいえが伝えられるだけでも世界が変わってくる。もちろんＯＫに決まっている。

「ざんねん」

「ぷっ、それっていいえの代わりって事でいいのかな？」

「いらっしゃいませ」

「それは、はい、だよね。うん、わかった。ええと……貴方の名前は言えたりするのかな」

答えたいけど、無理なんだよな。いつかスムーズに会話できる日がくるといいんだけど。

「ざんねん」

「名前は言えないんだね、本当に残念だなぁ。あっ、そうそう、貴方は何でここにいるの？　大事な使命があるとか？」

「ざんねん」

「うーんと、何て聞けばいいのかな。もしかしてなんだけど……寂《さび》しかったりする？」

え、何でわかるんだろうそんなこと。ラッミスは加護とやらで、そういう能力があったりするのだろうか。無機物の感情がわかるとか。

「いらっしゃいませ」

「やっぱりそうなんだ。何故《なぜ》か、湖畔《こはん》に佇《たたず》むその姿が寂しそうに見えたの。気のせいかもって思ったんだけど」

そんな哀愁《あいしゅう》の漂《ただよ》う姿だったのだろうか。何もない湖畔に自動販売機が一つ置いてあれば、確かに寂しそうではあるけど。

「もしかして、移動しても大丈夫《だいじょうぶ》とか？」

「いらっしゃいませ」

「あっ、そうなんだ！　もしよかったら、ここから出てヒュールミに会ってみない？　彼女なら、貴方と話が合うと思うんだ」

「いらっしゃいませ」

それは望むところだけど、どうやっても移動できないと思うんだが。まさか担《かつ》ぐわけじゃないだろうし。自動販売機を一人で抱《かか》えられるわけがないからな。

「いいんだね！　良かったぁ、余計なことかと思って冷や冷やしちゃった。じゃあ、ちょっと失礼しますっ」

え、屈《かが》みこんで何してんの。俺に抱《だ》き付くなんて、ラッミスもかなりの自動販売機マニアになったようだ。同志爆誕《ばくたん》かっ！

「よいしょっと！」

ふぁっ？　え、身体が浮いたぞ。おいおい、何でこんな小柄《こがら》な少女が５００kg以上はありそうな俺を持ち上げられるんだ。

「ちょっと重いけど運べそう。んしょ、んしょ」

おおおっ、移動しているぞ！　歩みは遅《おそ》いけど、凄《すご》いなラッミスは。これって怪力《かいりき》の加護ってやつなのかな。指が若干《じゃっかん》めり込んでいるけど、運んでもらっている立場で贅沢《ぜいたく》は言うまい。

おー、湖が遠ざかっていく。短い日数だったが異世界に来てからずっと見続けていた風景だ、愛着が無いと言えば嘘《うそ》になる。

万感《ばんかん》の思いを込めて、俺は心の中で頭を下げる。

「ありがとうございました」

◆

「ちょっとここで休憩《きゅうけい》するね。あ、黄色くてとろっとしたスープ買おうかな。お腹空《す》いてきちゃった」

あれから俺を抱えたまま二時間近く歩き続けていたラッミスは、雑草が生《お》い茂《しげ》る草原の巨大《きょだい》な岩陰《いわかげ》に俺をそっと置いてくれた。

「貴方と出会ってから幸運が降ってきたのかな、蛙人魔《かわずじんま》に一度も会ってないよ。ここって、あいつらの縄張《なわば》りなのに」

それはちょっと違《ちが》うかな。

今のところ戦闘《せんとう》は発生していないが、遠くの方からカエル人間が、恐《おそ》る恐るこっちを見ている姿は何度か目撃《もくげき》している。俺の噂《うわさ》が仲間内で広がって警戒《けいかい》しているのかもしれない。

うーん、お腹が空いているのか。コーンスープじゃ、そんなにお腹膨れないよな。何かお腹に溜《た》まるような物が商品になかったか。

現在のポイントは268。10ポイントを消費して入れ替《か》えることが出来る商品に目を通す。ここでポイントの消耗《しょうもう》は厳しいが、ラッミスにはこれからもお世話になる。なら、彼女の為《ため》にやれることはやっておきたい。

カロリーが高そうで食感がある物がいいよな。お汁粉《しるこ》とかいいかもしれない。甘いから、女性に喜ばれそうだ。あっ、でも餡子《あんこ》って外国人は苦手だって聞いたことがある。見た目が泥《どろ》のように見えるとかどうとか。

となると、他に良さそうなものはハンバーガーとかカップ麺《めん》という選択肢《せんたくし》もあるのだが、それは特殊《とくしゅ》な機能を追加しないといけないので、ポイントが圧倒《あっとう》的に足りていない今の自分にはきつい。

缶《かん》に入っているもので食べられる商品……あっ、あるな。局地的に有名なのが。って、これ仕入れポイントが30じゃないか。あー、おでん缶仕入れたかったのに。売値が高い物は交換《こうかん》ポイントも多いのか、勉強になったよ。

今は出来るだけポイントを節約しておきたい、無理をせずに安い方にしておこう。

ってことは、売値が100円というか銀貨一枚の品がいいのか。あ、お菓子《かし》類があったな。これって特殊な機能が必要な場合もあるが、普通《ふつう》の自動販売機で稀《まれ》に清涼《せいりょう》飲料水に並んで置いてあるお菓子がある。形状が缶に近ければ普通に置けるようだ。

ええと、あったあった。普通のポテトチップスと違いジャガイモを成型してポテトチップスに似せた筒《つつ》入りのお菓子。これを一つミネラルウォーターと入れ替えておく。

「へうっ！　び、びっくりしたー、何か光って……あ、商品が変わってへん？　何だろうこの赤い筒。薄《うす》くて丸い物が重なっている絵が描《か》いてあるけど、もしかして食べ物？」

「いらっしゃいませ」

「あ、そうなんや……じゃない、そうなんだ。値段は同じだし、買ってみようかな」

訛《なま》りのままで可愛《かわい》いのに気にしているのか。

取り出し口から赤い筒に入った成型ポテトチップスを受け取り、悪戦苦闘《くとう》していたようだが何とか自力で蓋《ふた》を開けた。

「この筒とか凄く質が良いけど、周りに描いてある絵も精密で売ったら凄い値段で売れそうだよね。って、今は中身中身」

好奇心《こうきしん》よりも食欲が圧勝したようで、包み紙を引き破り中身を取り出した。

それがお菓子のような物だと理解したようで、摘《つ》まむと躊躇《ためら》いもなく齧《かじ》り付く。ちなみにうすしお味だ。

「ふあああ、何、この食感。あっさりとした塩味なんだけど、何これ、止まらない」

口一杯《いっぱい》に頬張《ほおば》っては、追加で購入《こうにゅう》したミネラルウォーターを流し込んでいる。ハマってしまったか、このお菓子の悪魔的魅力《みりょく》に。俺もこれが大好きで、気が付くとこれの倍入っているサイズを軽く一つ食べきることなんてざらだ。

「ああっ、お金が湯水のように減っていくぅぅ、でも止まらないぃぃ」

「ありがとうございました」

礼を言っておく。

今回の売り上げは銀貨六枚。日本円で六千円。ポイントで60となった。320まで回復したな。

そうそう、値段変更《へんこう》ができるようになったので、ミネラルウォーターを1000に変えておく。これで今、自動販売機《じどうはんばいき》に置いてある商品は全《すべ》て1000となった。

計算が面倒《めんどう》なので統一したというのもあるのだが、ミネラルウォーターの仕入れポイントとコーンスープ、ミルクティーが同じだったので良心が咎《とが》めたのだ。

ラッミスのお金が尽《つ》きそうになったら、値段を一気に下げて提供するか。どんどん財布《さいふ》が軽くなっているようだし。暫《しばら》くは俺の命もかかっているから、この値段で提供させてもらうが。

門番と階層集落

「もうすぐで、この階層の入り口に着くから。もう少し辛抱《しんぼう》してね。そこは集落になっているから、ゆっくりできるよ」

階層？　階層って何だ。まるで建物内部の様な物言いだけど、頭上には大空が広がっているから屋内なんてことはないよな。

よくわからないけど他《ほか》に人がいるのはありがたい。商品を大量に購入してもらって、ポイントを大量ゲットしたいところだ。

あれから一度も襲撃《しゆうげき》を受けていないので〈結界〉も張らずに済んでいる。遠くから様子を窺《うかが》っているだけで、ちょっかいはかけられてないからな。カエル人間の情報網《じようほうもう》は優秀《ゆう》《しゆう》なようで。

しかし、ラッミスは怪力もさる事ながら、体力も大したものだと思う。俺を持ち上げたまま五時間ぐらいは平然と歩き続けていた。やりようによっては優秀なハンターになれると思うのだけど。

「あっ、集落が見えてきた！　やったあっ！　生きて戻《もど》ってこれたんだ」

仲間に見捨てられて一度潰《つい》えた希望。それが、俺を見つけてここまで戻ってこられた。嬉《うれ》しさのあまり涙目《なみだめ》になるのも無理はないか。

当たり前のように運ばれていたけど、ラッミス以外の人に見つかっていたら、この体を破壊《はかい》して中身を取り出されていたかもしれない。彼女は運が良かったと言っていたが、それはこっちのセリフかもしれないな。


進行方向に見えてきたのは丸太がずらりと並んだ、手作り感満載《まんさい》の防壁《ぼうへき》だった。高さは2メートルぐらいか。結構な大きさの集落っぽい。

出入り口らしき場所には薄汚《うすよご》れた革鎧《かわよろい》を着込《きこ》んだスキンヘッドの男と、角刈《かくが》りっぽい髪型《かみがた》の男がいる。両方プロレスラーのような体型で見張りとしては充分《じゅうぶん》すぎる存在感だ。

「おっ、ラッミスじゃねえか！　お前さん、無事だったのか。仲間のやつらが半死半生で戻ってきたから、心配していたんだぜっ！」

頬《ほお》に刀傷のようなものがあるスキンヘッドのおっさんが、屈託《くったく》のない笑《え》みを浮《う》かべ、ラッミスの無事を喜んでいる。見た目に反して人当たりのいい人なのか。

「はい、何とか生き延びていました！　カリオスさん、ご心配をおかけして申し訳ないです」

俺を地面に置いてからペコペコと頭を下げている。腰《こし》が低いなラッミスは。

隣《となり》に立つ角刈りの人は目を細めて、二人のやり取りを眺《なが》めているだけだ。あれは、微笑《ほほえ》んでいるようにも見えるな。

「お前さんが無事だったのは何よりだが、それなんだ？」

「あ、これですか。たぶん魔道具《まどうぐ》らしくて湖畔《こはん》で拾いました。お金を入れたら商品を取り出せるんですよ、この子！」

この子か。ラッミスの方が俺よりもかなり年下だと思うが、異世界で生まれ変わったとするなら、生後まだ数日だからな。

「ほおぅ、それはどっかの魔道具の開発者が実験の一環《いっかん》として置いたのか、それとも宝か。しかし、清流の湖階層にそんなものがあるなんて話、聞いたこともねえぞ。俺らはこの門番やってもう五年なるが……なあ、ゴルス」

「ああ」

スキンヘッドの方がカリオスで、無口角刈りがゴルスか。カリオスが交渉《こうしょう》ごと担当っぽいな。あっちが無口過ぎるし。

「発明品なら持って来たらダメでした？」

「まあ、ただの憶測《おくそく》だ。それに、階層に落ちているものは拾った者に所有権があるってのは、このダンジョンでの常識だ」

ダンジョン？　え、さっきから階層とか口にしていたけど、もしかしてここってダンジョンの一階層に過ぎないというのか……。え、空あるよ？　どう見ても地下には見えないよな、どうなってんだこの世界。

「でだ、金を払《はら》えば商品を買えるってことだが、それって俺たちも買えるのか？」

「はい、大丈夫《だいじょうぶ》だと思います。いいよね？」

ラッミスがこちらに振《ふ》り返り問いかけてきた。答えは決まっている。

「いらっしゃいませ」

「おうあっ⁉　何だ、今の男の声は誰《だれ》だ⁉」

カリオスが上半身を仰《の》け反らして、辺りを見回しているな。ゴルスは訝《いぶか》しげにこっちを凝視《ぎようし》している。今のが俺の発言だと理解したのか。

「あははは。大丈夫ですよカリオスさん。今のはこの子が返事したんですよ、ねっ」

「いらっしゃいませ」

「ま、まじか。話もできる魔道具なんて聞いたことねえぞ。これって結構、高値で売れるんじゃねえか……」

「う、売りませんよ！　この子は私と一緒《いっしょ》にヒュールミに会いに行くんですから」

俺を守るように前に立ち両手を広げている。

ううう、なんて良い子や。ポイントの為とはいえ、金銭巻き上げてごめんよ。

「ヒュールミってあの、いかれた魔道具技師のねえちゃんか。暫く、この集落にいたことがあったよな。知識は半端《はんぱ》ねえから、いいかもしんねえな」

何だろうその不安になる説明は。枕詞《まくらことば》にいかれたが付く技術者なんて、良いイメージが全く浮かばない。会うのを遠慮《えんりょ》したくなってきた。

「でしょ。それで、何か購入しますか？」

「おう、物は試《ため》しだ。お前さんが勧《すす》めるなら安全だろう。１０００ってことは銀貨一枚か、安くはねえが……これ、商品どうなってんだ」

「ええとね、これが美味《おい》しい水だよ。で、これが甘くて動物の乳が入ったお茶みたい。この二つはとっても冷たいよ。で、下の段のは温かいとろっとしたスープ。あとは赤い筒のは、ズユギウマを揚《あ》げたような食べ物だったよ」

「温かいのと冷たいのもあるのか。それじゃ、スープと揚げたの食うか。ゴルスはどうすんだ」

「甘いお茶をもらおう」

「こうかをとうにゅうしてください」

二人がびくっと体を揺《ゆ》らすが、ラッミスの指示に従い硬貨《こうか》投入口に銀貨を入れてくれた。

注文の品を全て渡《わた》し終えたので「またのごりようをおまちしています」と礼を言っておく。

両方ボトル缶なので簡単に開けているが、これプルトップにしたら開けられなそうだよな。暫くは、プルトップ缶は避《さ》けておこうか。

「スープあったけえな」

「こっちは冷たい」

二人が同時に飲み口を含《ふく》み、一気に呷《あお》る。その瞬間《しゅんかん》、カッと目が見開かれる。

「なんでえ、これ！　おいおい、マジでうめえぞこれっ」

「ほぅ、こちらも美味だ」

「この揚げものはどうなんだ……おおっ、やべえ、あっさりしてるんだが止まらねえ」

「少しくれ」

成型ポテトチップスを貪《むさぼ》り食う二人を眺め、ラッミスは嬉しそうに顔をほころばせている。俺も表情があるなら同じような顔をしてそうだ。

カリオスが渋《しぶ》るのでゴルスは追加で成型ポテトチップスを購入してくれた。今度はミルクティーを美味しそうに飲み干すのを見て、カリオスが興味をもったようだ。ミルクティー追加入りまーす。

かなり気に入ってくれたようで、二人とも全商品を購入して、カリオスはコーンスープ、ゴルスはミルクティーがお気に入りのようだ。

総売り上げ９０００、銀貨九枚となった。90ポイントも増えるな、上客に感謝。

「いやあ、これいいぞ。味も相当ランクたけえし、温かいのも冷たいのも飲めるってのが最高だ。ここに設置してくれねえか？　見張りやってると、この場から離《はな》れられないからな。これがあったら、めっちゃありがてえぜ」

「確かに」

あー成程《なるほど》。ここに設置してもらったら、二人は定期的に購入《こうにゅう》してくれそうだし、見張りも交代するだろうから、その人たちも買ってくれれば悪くない売り上げかもしれないな。

「うーん、どうしよっかな。私もこの子から離れたくないし……」

「それじゃあ、たまにここに持ってきてくれよ。来たら必ず買うぜ。他の奴《やつ》にも教えておくからよ」

「そのままだと運びにくいだろう。背負い紐《ひも》でも買ったらどうだ」

おーそれは、ナイスアイデアだ。抱《だ》きしめられるように持ち運ばれるのも嫌《きら》いじゃないが、背負い紐か何かで背負えるようにすると、ラッミスも運びやすくなって良さそうだな。

「あ、それいいかも。貴方《あなた》もそれでいい？」

「いらっしゃいませ」

「いいんだね。じゃあ、たまにこの子と一緒に来るねー」

「おう、頼《たの》むぜ。これで見張りの楽しみが増えたってもんだ」

「助かる」

これで安定した売り上げが見込めそうだ。ポイントは俺の全《すべ》てだからな。もっと新商品も仕入れたいし、機能だって追加したい。

まずはポイントを集めることが最優先事項《じこう》だ。

「まずは宿屋に戻ろっか。何をするにも先立つ物が……」

おう、すまない。俺が散財させたからな。余裕《よゆう》が出て来たら売り上げの一部を、ラッミスに渡せたらいいんだが。どうにかできないか、暇《ひま》な時に調べておこう。

集落の中は大きなテントが点在している。テントといっても、休日のキャンプで使うような物ではなく、遊牧民族が住居としているような円形でしっかりした造りをしている。

キャンプの一つ一つが商店や住居のようで、入り口付近に立っている人々から奇異《きい》の視線が注がれている。小柄《こがら》な少女が四角い鉄塊《てっかい》を抱きかかえていたら、そりゃ奇妙《きみょう》に見えるか。

集落の地面は平らに均《なら》されている。舗装《ほそう》とまでは呼べないが外と比べれば歩きやすそうだ。

「あれが、私の泊《と》まっている宿屋だよ」

集落内では珍《めずら》しく二階建ての木造建築がそこにあった。

「おかみさーん。ただいま！」

宿屋の扉《とびら》を開け放ち、扉脇《わき》に俺を置くとラッミスが元気よく挨拶《あいさつ》をしている。

掃除《そうじ》が行き届いているホールらしき場所には、箒《ほうき》を手にした恰幅《かっぷく》のいい女性があんぐりと大口を開け、こちらを見ている。

「あんた、無事だったのかい！　心配したんだよ。はあぁ、死人魔《しびとま》じゃないよね、ちゃんと呼吸してるかい」

「生きてる、ちゃんと生きてるって。色々あったけど、何とか帰ってきたから」

体を叩《たた》いて確認《かくにん》する宿屋の女将《おかみ》さんに、ラッミスが引きつった笑みで説明している。この集落の人は優《やさ》しい人が多いのか、ラッミスが愛されキャラなのかは不明だが立場は悪くないようだ。

「あんたと組んでたハンターたちは傷だらけで戻《もど》ってきて、死んだって言っているし、娘《むすめ》は絶対に信じないって、あいつらに怒鳴《どな》りつけていたよ」

「ムナミにも心配かけちゃったね。後で謝っておかない――」

「あああああああっ！　ラッミスゥ――――！」

ホールを揺るがす絶叫《ぜっきょう》に二人の肩《かた》が縦に揺れた。ラッミスが振り返った先には階段を下りてくる少女がいた。

少女は両腕《りょううで》で大きな籠《かご》を抱きかかえ、その上には洗濯物《せんたくもの》が満載《まんさい》されている。赤みがかった髪《かみ》を三つ編みにして、額には三角巾《さんかくきん》を巻いている。服装は宿屋の制服なのか女将と同じく地味な配色のエプロンスカート。

目を引くような容姿ではないのだが、素朴《そぼく》な感じでありながら鋭《するど》い目つきが利発そうな印象を抱《いだ》かせてくれる。ぶっちゃけると、ぱっとしない地味メイドって感じだ。

そんな彼女が猛烈《もうれつ》な勢いで階段を駆《か》け下り、ラッミスの前まで特攻《とっこう》してくると洗濯物を床《ゆか》に置き、両肩《りょうかた》をがしっと掴《つか》んだ。

「え、生きてるの！　死人魔じゃないよね！」

「ム、ムナミ、生きてる、生きてるから！」

ムナミってことは女将さんの娘か。さすが親子、言っていることが同じだ。

体を激しく前後に揺らされているので首がもげそうだ。そろそろ、やめてあげたほうが……。

「まったくもう、どれだけ心配させるの。ラッミスと一緒に行動していたあいつらを問い

詰《つ》めたら、見捨てて逃《に》げたって言うから二度とこの集落で生活できないように、悪評広めてやったわ。ふふふふふ」

俯《うつむ》き気味の顔に影《かげ》が差して、とても怖《こわ》いんですが。怒《おこ》らしたら危険なタイプか。

「だから、慌《あわ》てて荷物まとめて出て行ったのね……」

女将さんがため息を吐《つ》いている。

「ところで、それなに？　入り口にドンと置いてある重そうなそれ」

「ああ、この子は湖畔《こはん》で見つけたの」

「ラッミス……また変なのを拾ってきたの。前は蛙人魔《かわずじんま》の子供拾ってきて大騒《おおさわ》ぎになったのを覚えている？」

「う、うん。で、でも、今回は違《ちが》うよ？　この子はすっごく便利で私を助けてくれたんだから」

ジト目で親子に見つめられ、しどろもどろになりながら俺との出会いと性能、これからどうしたいかを説明している。

「大体は理解できたけど……ラッミス、地上に戻ってヒュールミに会わせるとしても転送陣《じん》のお金どうするの？　宿屋代もあるの？　荷物全部失ったみたいだけど？」

「あ、はい。何もないです……どうしようもないです」

矢継《やつ》ぎ早に質問をされ、ラッミスが力なく崩《くず》れ落ち、両膝《りょうひざ》を突《つ》いてうなだれている。

……貴重な財産の殆《ほとん》どが俺の中なんだよな。今までの会話に出てきた単語を抜《ぬ》き出して考えると、地上に転送陣とダンジョンか。

ここはダンジョンの中で地上に戻るには転送陣を使用しなければならない。そして、利用代金が結構する。そして、ラッミスは金欠。すまん。

ダンジョンの中か。現実味が無いが、俺って自動販売機《じどうはんばいき》なんだよな……。その時点で常識とか現実味って、鼻で笑うレベルだ。そういうものなのだろうと、受け止めるしかない。

二人の会話に口を挟《はさ》むにしても「いらっしゃいませ」「ありがとうございました」「またのごりようをおまちしています」「あたりがでたらもういっぽん」「ざんねん」「こうかをとうにゅうしてください」でどうしろというのか。

そんなことを思案している間に話は終盤《しゅうばん》に差し掛《か》かっていた。

「仕方ないわね。暫《しばら》くうちで宿屋の仕事をすること。その箱は宿屋の外に置いて、客引きしてもらおうかしら。中身も売れるし一石二鳥でしょう」

それは願ったり叶《かな》ったりだ。

「いらっしゃいませ」

「うわ、本当に話すのね。じゃあ、客引きよろしくね」

「あっ、でも門番のカリオスさんが、たまに持ってきて欲しいって、言ってたよ」

「じゃあ、途中《とちゅう》で抜け出して置いてきていいから」

「はーい」

こうして俺はこの集落で暮らすこととなった。


集落は百人程度なのだが住民の入れ替《か》わりが激しい。ハンター向けの商売をしている住民だけが固定メンバーのようだ。

ハンターというのは魔物《まもの》の討伐《とうばつ》や素材集めや護衛の依頼《いらい》を受けたり、もしくはダンジョン探索《たんさく》で秘宝を見つけて一攫千金《いっかく》を狙《ねら》う人たちらしい。ハンター協会の支部もこの集落に存在していて、ハンター達への依頼や素材の買取りをしている。

そうそう、ここは清流の湖と呼ばれるダンジョンにある階層の一つだそうだ。空もあるのにダンジョン内部って……異世界って凄《すご》いとしか言いようがない。

この階層は端《はし》から端まで移動するだけで三週間はかかるらしい。生息する主な生物は、名前にもなっている清流の湖に住む魚介類《ぎょかいるい》や、蛙人魔と呼ばれるカエル人間らしい。他《ほか》にも三大勢力と呼ばれている生物がいるらしいが、詳《くわ》しいところはわからない。

ちなみに情報源は毎日何かと話しかけてくれるラッミスと、宿屋を利用する客の会話を盗《ぬす》み聞きして得た。それと――

「それで俺はこう言ってやったのさ。無法者からここを守るのが俺の仕事だってな」

門番をしているカリオスだ。暇を持て余しているらしく、門の近くに設置されている時は頻繁《ひんぱん》に話しかけてくるのだ。

「いらっしゃいませ」

「でよ。最近は蛙野郎《かえるやろう》が活発らしくて、怪我人《けがにん》が多くてな、近々大掛《おおが》かりな討伐隊が組まれる時期だぜ」

「いらっしゃいませ」

相槌《あいづち》さえあればいいらしく「いらっしゃいませ」を繰《く》り返しているだけでいいのは楽なんだが。

討伐隊か……ここに来てから一週間が経《た》つが、どうりで最近見たことのないハンターを頻繁に見かけるわけだ。

「って喉《のど》が渇《かわ》いちまったが、どれも飲み飽《あ》きたな」

そりゃ毎日五本以上は購入してもらっているからな。新商品を仕入れてもいい頃合《ころあ》いか。ポイントもかなり増えてるしな。この一週間で物珍《ものめずら》しさと味で一気に有名になって、驚《おどろ》くほど売り上げがあったから、ちょっと確認してみるか。

《自動販売機》

〈冷〉　ミネラルウォーター　１０００円　１銀貨（１３０個）

〈冷〉　ミルクティー　１０００円　１銀貨（　２４個）

〈温〉　コーンスープ　　　　1000円　1銀貨（　19個）
〈常〉　成型ポテトチップス　1000円　1銀貨（　36個）
PT　3253
〈機能〉保冷　保温
〈加護〉結界

何度も補充《ほじゅう》をして四百個以上売り上げたおかげで、ポイントが3000を超《こ》えてくれた。何があるかわからないからポイントは溜《た》め込んでいたが、機能も追加したいところだな。

欲しい機能の追加は低くても1000ポイントを消費するので踏《ふ》ん切りがつかなかったが、一つぐらいなら追加しても問題は無いだろう。

あっ、でもここは順当に品数を増やした方がいいのか。例えば、カップラーメンのお湯出し機能を追加したら、自動販売機の体が変化するってことになる。他の商品に影響《えいきょう》を与《あた》えないか不安だ……いや、結界が張れて、機能追加ができて、人間の意思がある自動販売機の時点で、そういう常識的な心配はするべきじゃないのか。

う、うーん。あれこれ考えるぐらいなら客のニーズを一番に考えた方が良い。門番のカリオスとゴルスは一番の常連だ。二人が何を望んでいたか思い出せ。

確か、もう少し腹に溜まる物が欲しいって言っていた。なら、おでん缶《かん》を提供したいところだが、ふたの開け方わかるかな。プルトップ方式ってこの異世界じゃ浸透《しんとう》していないようだし、説明するにも俺には不可能だからな。

なら、諦《あきら》めるしか……あっ、いや、いけるか！

俺はあることを思い出し、メーカー名を探し当て、おでん缶を百個30ポイントで追加した。

「おっ、急に光ったと思ったら、商品追加されてやがるぞ。値段は……３００か。銀貨三枚はちと厳しいな。だが、新商品が出たとなれば買わずにはいられないっ！」

わかる、わかるぞ。自動販売機の新商品の魔力って恐《おそ》ろしいよな。痛いほどよくわかる。ましてや、湯気の上がった美味《おい》しそうな写真が印刷されていたら、そりゃ食指が動くってもんだ。

そういや、言葉は通じないくせに数字は通じるって違和感《いわかん》しかないが、そんなことを言っていたら何で文字が通じるんだって話だよな。なんかこう、魔法的なもので伝わっていると信じておこう。

ダンジョンの階層というのは外の世界に比べて、かなり稼《かせ》ぎやすいところのようで、そその分、危険性も高いそうだ。は、ハイリスクハイリターンなので上手《うま》く立ち回っている連中は懐《ふところ》具合がかなり温かい。

ここにいる商人たちがあえて危険地帯で商売する理由がそこにある。あらゆるものが地上に比べて高値で売ることができ、貴重な品を手に入れる可能性も高い。

そんな集落を守る門番は結構な高給取りらしく、だからこそ俺を御贔屓《ごひいき》にしてくれている。多分、地上の安全な町ならこの値段設定では商売が成り立たないだろう。

「ほう、熱いなこれ。ってか、どうやって開けるんだ」

やはり、そこで躓《つまず》いたか。だが、よく缶を見てくれ。カリオスもゴルスも注意深い人間であることを、この一週間で知っているからこそ期待できる。

缶を摘《つ》まみ上げ、しげしげと見つめている。ゴルスも気になるようで、見張りそっちのけで横目でじっと観察している。缶をぐるっと回したところで、二人とも気づいたようだな。

「ん？　何か絵が描《か》いてあるぞ。これは、開け方と食べ方か」

そう、このメーカーのおでん缶は食べ方がわからない人に向けて、説明の絵が側面に描かれているのだ。

某《ぼう》電気街で有名になったこれは海外にも知れ渡《わた》り、マニアックな観光客が購入《こうにゅう》することが増えた。その際、食べ方がわからずに火傷《やけど》をする外国人が増えてしまい、言葉が通じなくても理解できるように、懇切丁寧《こんせつていねい》な食べ方の手順が絵で側面に描かれるようになったのを、ふと思い出したのだ。

「ええと、この上のこれをくいっと折るようにして……おっ、いい匂《にお》いがするじゃねえか。で一気に上に押し上げると、開いた開いた！」

よっし、第一関門突破《とっぱ》だ。これで二人にはこの系統の缶を提供できるようになった。商品の幅《はば》が広がるぞ。二人から他の人にも浸透するだろうから、数週間もすれば常連の殆どが対応できそうだな。

カリオスが食べやすいように串《くし》の刺《さ》さったおでんを一本取り出す。あれは、ウズラの卵とちくわ、こんにゃくの黄金トリオ串か。

薄《うす》らと湯気が立ち昇《のぼ》るそれを口に含《ふく》み、まずは一番上のウズラの卵を頬張《ほおば》っている。二度噛《か》んだところで、鼻の穴から湯気が噴《ふ》き出し、目尻《めじり》が下がる。

「ほおうあう。やべえ、これやべえわ。一番好きかもしれん。この茹《ゆ》でた卵に複雑でありながらくどくない味が沁《し》みこんでいて、噛んだ瞬間《しゅんかん》口の中に黄身と混ざった汁《しる》が溢《あふ》れやがった……くそっ、やべえな。酒が欲しくなるぜ」

ウズラを食べきると、次にちくわを噛みしめる。

「くうぅ、これも味が沁みこんでいてたまんねえな。初めての食感だが、仄《ほの》かに魚っぽい味がするぞこれ。一体どうやって作ってんだ。この下のは……おおおっ、ぐにぐにしているが、いやじゃねえ。ははは、おもしれえ」

ちくわとこんにゃくも気に入ってくれたようだ。出汁《だし》も全《すべ》て飲み干し、満足げな顔で更《さら》に財布《さいふ》から銀貨を三枚取り出したところで、割って入ったゴルスが先に投入した。

「て、てめえ、俺が買おうとしていたところだろっ！」

「次は俺だ」

これも手ごたえはばっちりだな。おでん缶も売れ行きに期待できそうだ。

こうしておでん缶は口伝えに広まり、清流の湖の集落限定でブームを引き起こすことになった。最近めっきり寒くなってきた環境《かんきょう》も売り上げに貢献《こうけん》してくれたようで、これからも期待できそうだ。

自動販売機の一日

Reborn as a Vending Machine, I Now Wander the Dungeon.

　ここに来てから一日のスケジュールはこうなっている。

　早朝、宿屋の前から始まる。夜は寝《ね》なくてもいいのだが、最近スリープモードを覚え、眠ることで消費ポイントを半減させることが可能となった。まあ、眠らなくても何ら問題は無いのだが、起きた時に何となく気分がいい。

「おはよう、ハッコン！」

　朝っぱらから元気いっぱいのラッミスの声が響《ひび》く。宿屋の作業着に着替《きが》えた姿も最近では様になってきている。

　ちなみに、ハッコンというのは俺の名前らしい。命名はもちろんラッミスだ。宿屋の娘《むすめ》、ムナミが箱と呼んでいたのを聞いて、それは可愛《かわい》げが無いという理由でハッコンとなった。

　そのネーミングセンスは正直どうかと思うが、彼女の嬉《うれ》しそうな顔を見ていると「いらっしゃいませ」と同意せずにはいられなかったのは、仕方のないことだと思う。

「今日も一日頑張《がんば》ろうね！」

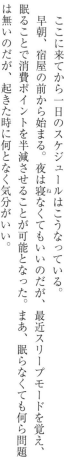

「いらっしゃいませ」

俺の体を綺麗《きれい》な布で拭《ふ》きながら、いつものように話しかけてくれる。彼女は危険なハンター稼業《かぎょう》をするよりも、宿屋の従業員の方が似合っていると思うのだが、彼女には彼女の考えがあるのだろう。

今日も一日お互《たが》い頑張ろうという気持ちを込《こ》めて、受け取り口に数日前に仕入れたスポーツドリンクを落とす。

「今日も貰《もら》っていいの？」

「いらっしゃいませ」

「ありがとう！」

美味しそうに飲み干す彼女を見ているだけで、機械の体が温まった気がしてくる。

最近ではかなり自分の体――自動販売機《じどうはんばいき》の仕組みを理解できてきたので、こうやってタダで商品を出すことも可能になった。

隅《すみ》から隅まで綺麗にしてもらったボディーが、朝日を浴びて眩《まぶ》しく輝《かがや》いている。今日も一日、商売に励《はげ》むとしよう。

彼女が宿屋に戻《もど》ってから数分が過ぎると、いつものように常連が俺の前に現れる。

「いらっしゃいませ」

「はい、おはよう。やっぱり朝はここのスープ飲まないと始まらないねぇ」

「お婆《ばあ》さんもそうですか。僕もここの甘いお茶が好きで好きで、これを飲まないと気合が入らないのですよ」

「いやいや、朝は水じゃろう。目覚めの一杯《いっぱい》が最高なんじゃよ」

老夫婦とやせ気味の青年が話をしている。

確か、老夫婦はこの近くで加護の鍛錬《たんれん》方法や扱《あつか》い方をハンターに教える生業《なりわい》をしているらしい。元凄腕《すごうで》ハンターという噂《うわさ》だ。

青年の方は近くの道具屋で働いている跡取《あとと》り息子《むすこ》らしく、昼になるとこの宿屋の一階にある食堂に毎日食べにきている。ラッミスによると、この青年は宿屋の看板娘ムナミに気があるらしい。

「ありがとうございました。またのごりようをおまちしています」

三人にいつものようにお礼を口にして、立ち去る背を見守っている。

彼らが消えるタイミングを計ったかのように、今度は四人の屈強《くっきょう》な男たちが姿を現す。

「ふぅー、ようやく夜の見張り終わったぜ。今日は何にすっかな」

「いらっしゃいませ」

売り上げ貢献度《こうけんど》ナンバーワンのガリオス一行の登場だ。彼らはこの集落の門番と治安維《い》持《じ》を担当しているので、交代のタイミングで利用してくれることが多い。

今日もいつものように飲料と成型ポテトチップスを買っていった。ここからは少し暇《ひま》になる。ちなみに、おでん缶は朝、宿屋の前にいる時は陳列《ちんれつ》をしていない。宿屋で朝食を提供しているので、商売の邪魔《じゃま》をしたくないからだ。

◆

客がぽつぽつと不定期になる。値段が少し割高なので、頻繁《ひんぱん》に買える人が限られてくるので、週に二、三度購入してくれる客が大半になる。

昼にはまだ少し早い時間帯になると、ハンターギルドの方角から鎧《よろい》を着込み、手に武器を携《たずさ》えたグループが姿を現すようになる。

「今日は日帰りだが、水は忘れずに購入しておけよ。懐《ふところ》に余裕《よゆう》があるなら煮物《にもの》の入った缶と赤い筒《つつ》も買った方がいいぞ」

「ええと、これはどうやって商品を買うんですか？」

「わからないのか。なら俺が教えてやろう」

グループのリーダーらしき黒い鎧を着込んだ髭《ひげ》もじゃの男が、ちょっと自慢《じまん》げに説明をしている。確かこの人は四日前に自動販売機の前に現れて、誰《だれ》もいないタイミングを見計らって、おっかなびっくり商品を購入していた人だよな。

ちゃんと前もって練習していたのか。厳《いか》つい顔つきも何処《どこ》か可愛く見えてくるのが不思議だ。

自動販売機の商品は密封性《みっぷうせい》もあり使用後は消える仕様なので、外に探索《たんさく》や魔物討伐《とうばつ》に向かうハンターたちに人気がある。女性のハンターには紅茶が大人気のようで最近仕入れたレモンティーとミルクティーで派閥《はばつ》ができているという噂を耳にした。

コーヒーも置いているのだが、あまり人気が無い。一部の熱心なお客がいるので商品をひっこめることは無いが、カフェオレに変更《へんこう》した方がいいかもしれないな。

この時間帯になると遅《おそ》めに起床《きしょう》することが多いハンターが利用することが多いので、おでん缶《かん》も置くようにしている。

昼になると、おでん缶を再び引っ込める。宿屋の食堂が書き入れ時なので、昼食を出来るだけ店内でとってもらえるよう「いらっしゃいませ」と客引きに集中する。食べ終わり食堂から出て行くお客には「ありがとうございました」と言うのも忘れない。

儲《もう》け時を過ぎて人通りも少なくなってくると、視界の隅で小さな何かが動いたのを見逃《みのが》さなかった。

また来やがったな、あのガキ。この時間帯になると必ずと言っていい確率でやって来る女の子がいる。頭は薄《うす》い茶色の髪《かみ》でツインテールの見るからに生意気そうな子供だ。年齢《ねんれい》は10歳ぐらいだろうか。

この集落の中ではかなり仕立てのいい服を着ていて、典型的な甘やかされて育ったお嬢様《じょうさま》といった感じがする。

木の壁《かべ》で囲んでいるとはいえ外には魔物がうろつき、お世辞にも安全だとは言えない集落に、こんな子供がいることが不思議でならなかったのだが、ここで大きな石造りの店を構える大商人の孫らしい。

数日前に気づいたのだが、一人で気ままに集落を散策しているように見えて、距離《きょり》を置いて護衛の人が数人潜《ひそ》んでいる。まあ、それがわかったのも、お嬢様を尾行《びこう》していた黒服の男がミルクティーを購入《こうにゅう》した際に、愚痴《ぐち》を零《こぼ》していたからだけど。

「スオリ様のおてんばぶりにも困ったものだ。もう少しお淑《しと》やかであれば、我々も楽ができるのだが」

あの時は黒服の男性に同情もしたが、今はもっとちゃんと躾《しつけ》しろと声を大にして言いたい。このスオリという小娘《こむすめ》はおてんばという次元を通り越《こ》しているのだ。

初見の時はこっちを見つめて何やら考え込んでいたので「いらっしゃいませ」と声を掛けると「わらわから話しかけて有利に交渉する計画が」と呟いて逃げていった。声を聞いてラッミスが助けた女の子だったのかと驚かされた。前は帽子で顔が見えにくかったからな。

問題は次の日からだ。遠くから頬を膨らませて睨んでいるだけなら良かったのだが、何を思ったのか足元の石を拾って投げつけてきたのだ。非力な少女の投げた石なので傷はつかなかったが、イラッとした。それでも子供のしたことだと大目にみていたら、更に翌日。

今度は鞄《かばん》を肩《かた》にかけた状態で至近距離まで近づいてきたので、買い物でもするのかと思えば、取り出し口に鞄から取り出した小石を詰《つ》め込もうとした。流石《さすが》にそこで堪忍袋《かんにんぶくろ》の緒《お》が切れて最大音量で、

「こうかをとうにゅうしてください」

と至近距離で声を放ったら、腰《こし》を抜《ぬ》かしたらしく地面に尻《しり》もちをついた。

「ぶ、無礼者！　わ、わらわをだ、誰とおもっていぇるんひゃ！」

呂律《ろれつ》が怪《あや》しいながらも怒《いか》り狂《くる》っているようだ。そこら中から黒服の男女が四人飛び出してきて彼女を抱《だ》きかかえる姿にはかなり引いたな。

その後も俺を壊《こわ》せだとか叫《さけ》んでいたが、黒服に運ばれて行ってその場はそれで収まった。

まあ、それからが酷《ひど》かったわけだが。

かなりプライドの高い子らしく、俺に驚かされたことが許せずに、嫌《いや》がらせが日に日に酷くなっていった。ペンキのような物をぶちまけようとして俺に驚かされて自分で被《かぶ》ったり、固い棒で俺を傷つけようとして転んで泣いたりと、一度も上手《うま》くいってないが健気《けなげ》だなと笑って済ませるレベルじゃないんだよな。

で、今日は何をしでかすのかと警戒《けいかい》していたのだが……あれ、俯《うつむ》いてトボトボと歩いている。気落ちしているのが目に見えてわかるな。これが芝居《しばい》なら大したものだが、こんな

わかりやすい性格の子供に、そんな器用な真似《まね》はできないだろう。

んー、俺の前に立っているのに悪戯《いたずら》を仕掛《しか》けてくるわけでもなく、ぼーっと突《つ》っ立っているだけだな。顔を上げた目元には泣きはらした跡《あと》がある。何か家庭でトラブルでもあったのか。

いつも小憎《こにく》たらしいぐらいに元気いっぱいの子供がここまで落ち込んでいると、何とかしてやりたいと思うのが人情だよな。しゃーない。ここは大人としての度量を見せよう。

商品一覧に目を通して子供が好きそうな飲み物を選んでみるか。妥当《だとう》なところはオレンジジュースだよな、それも１００％とかじゃなくて糖分多めがいい。

となるとＣＭでも有名なメーカーのが妥当か。よいしょっと。新たにオレンジジュースを仕入れて、取り出し口に落とす。

「えっ、今の音は」

「いらっしゃいませ」

今日は俺のおごりだお嬢ちゃん。次からは前みたいに金を払《はら》って購入してくれよ。

「無料《タダ》で、もらっていいの？」

オレンジジュースを抱《かか》えてキョトンとした顔は結構可愛いじゃないか。いつも、怒《おこ》ったり拗《す》ねたり不貞腐《ふてくさ》れたりした顔だったが、将来有望だな。

「あ、あの、ありがとう」

「またのごりようをおまちしています」

夕方前になると俺はラッミスに背負われて門まで運ばれていく。俺を抱いて移動するには不便だろうと、荷運び用の背負子《しょいこ》を改良した物を彼女が購入してくれたので、かなり快適に移動できるようになった。

ラッミスにそっと置かれ門の傍《そば》に佇《たたず》んでいる。夜は宿屋の食堂兼《けん》酒場が終わるまでここに滞在《たいざい》するのが日課である。ちなみに成型ポテトチップスとおでん缶は、女将《おかみ》さんが大量購入済みで、酒のつまみとして提供されているそうだ。

日頃《ひごろ》お世話になっているので場所代の意味も込めて、女将さんが購入する際には半額で提供させてもらっている。

「ふぅ、さみぃな。おっ、また新商品仕入れたのか。ってか、ボタンが青いのは確か冷たいやつだったか。うまそうだが、やめとくか。いつものスープいっとくぜ」

「俺は温かく甘いお茶を」

「なっ、甘いお茶、温かいのもあるのかよっ！　くそ、後でそっち買うぞ」

ミルクティーの温かいのも仕入れておきましたので御贔屓《ごひいき》に。

カリオスとゴルスの両名は毎回かなり購入してくれるのでありがたいが、財布《さいふ》の中身が心配になる。門番はかなり実入りが良いとは聞いているので大丈夫《だいじょうぶ》らしい……って浪費《ろうひ》させている俺が心配するのはおかしな話か。

門の脇《わき》に俺がいるのは門番担当者たちに商品が好評というのもあるのだが、何故《なぜ》か俺がいる時だけは、蛙人魔《かわずじんま》が襲《おそ》ってこないというジンクスが広まっているというのも大きいらしい。

「ハッコンー！　そろそろ帰るよー」

お、ラッミスが呼んでいる。宿屋の仕事が終わったのか。じゃあ、俺の仕事も今日はここまでだな。

最後に二人が温かい飲料を購入してくれたのが、本日最後の販売《はんばい》になる。

またも背負子に置かれて、小柄《こがら》な体格からは信じられない怪力《かいりき》で軽々と持ち上げられ、門から宿屋までの帰り道を二人……一台と一人で歩く。

「今日はね、宿屋で面白《おもしろ》い客が来たんだよ。この迷宮《めいきゅう》に潜《もぐ》るのは初めてらしくて、すっごく元気な同い年ぐらいのハンターだったよ」

「いらっしゃいませ」

そう言えば、ラッミスって幾《いく》つぐらいなのだろう。勝手に十五、六ぐらいだと思い込んでいるが、実際はもう少し年齢が上下するかもしれないな。

「ハッコンはどうだった」

「あたりがでたらもういっぽん」

「楽しかったのかな。いつか、いっぱいお喋《しゃべ》りできるようになるといいね。その為《ため》にも早くお金貯《た》めてヒュールミに会いに行かないとね。そしたら、きっと色々出来るようになると思うんだ！」

彼女は俺に命を救われたと思って、色々尽《つ》くしてくれているが助けられたのは俺の方だよ。ラッミスと出会っていなければ俺は湖畔《こはん》で機能停止していただろう。

感謝するのはこっちだよ。本当に——

「ありがとうございました」

「どうしたの急に。お礼なんて言わないでよ。うちの方こそハッコンに助けてもらったんだし。ありがとうね」

彼女のたわいのない話に相槌《あいづち》を打つことぐらいしかできない俺だが、彼女が満足そうに笑ってくれているので、それだけで充分《じゅうぶん》。

異世界に自動販売機という訳のわからない状況《じょうきょう》だったけど、こんな生活も悪くないと思い始めている自分に、顔があれば苦笑いでも浮《う》かべてそうだ。

異常な環境《かんきょう》だけど、こんな日常ならいつまでも続いて欲しい。心からそう思えた。

会長

Reborn as a Vending Machine, I Now Wander the Dungeon.

今日も元気に宿屋の前で目覚めた。

当初は俺を盗《ぬす》もうとする連中もいたが、最近は平和なもんだ。あの金髪《きんぱつ》ツインテールのお嬢様も悪戯をしなくなって、ちゃんと購入してくれるようになったからな。

オレンジジュースがかなりお気に入りらしいので、今度は別の種類も増やしておこうかな。

いつもなら、そろそろ老夫婦と商人の青年が来る頃《ころ》なのだが、今日は彼らとは違《ちが》う別の来客が訪れて……何で俺をじっと見つめたまま、微動《びどう》だにしないのだろうか。

俺の体は自動販売機の平均身長っぽいので１８０を超《こ》えているのだが、目の前の巨大《きょだい》な熊《くま》は頭一つはでかい。熊と表現したが本当に熊なのだ。

黒毛の巨大な熊がフード付きのロングコートを着ている。嘘《うそ》や冗談《じょうだん》や比喩《ひゆ》ではなく間違いなく熊だ。普通《ふつう》なら集落の中が騒動《そうどう》になりそうな案件なのだが、道行く人々はチラッと視線を向けるだけで、誰《だれ》も驚いたりはしない。

　ということは、この世界では熊人間というのは別段珍《めずら》しくないってことか。カエル人間もいるのだから、まあ、そうなの……か？

「あれー、会長こんなところで何しているの？」

　宿屋の扉《とびら》を容赦《ようしゃ》のない勢いで開け放ち、いつものように元気いっぱいの声を響《ひび》かせているのはラッミスだ。

　今、ラッミスは会長と、この熊を呼んだよな。この風貌《ふうぼう》でどこぞのお偉《えら》いさんなのだろうか。言われてみれば何処《どこ》となく知性を感じるような顔をしているような気が、しないこともない。

「ふむ。ラッミスか」

　何という重低音ボイス。その姿と相まって圧倒《あっとう》的な存在感を生み出している。一言発しただけだというのに、頼《たよ》れる上司っぷりが半端《はんぱ》ない。

「珍しいね、ハンター協会の会長さんが、こんなところまで来るなんて」

「ふむ。今回はこの意思ある魔道具に頼《たの》みごとがあってな」

　えっ、俺？　ハンター協会の会長ってことはかなりのお偉いさんだよな。そんな御方《おかた》が俺に何の用があるっていうのだろうか。

「ハッコンに用なんだ。じゃあ、こんな場所でも何だから中に入って！　ハッコンはうちが運ぶね。よいしょっと」

　こうやって運ばれるのも慣れてしまったな。まるで介護《かいご》を受けているような感じだが、自力で動けない俺にとって、彼女の存在がとても大きくなっているのを日常の節々で自覚させられる。

　宿の丸机の椅子《いす》を一つ外してそこに俺が置かれ、向かい側に熊会長が位置する。どんとその巨体《きょたい》を椅子に預け、ぎしっと軋《きし》む音がした。

　ラッミスは俺の右手側に陣取《じんど》っているな。

「お主の怪力はハンターとしてかなり有益なのだが、戻《もど》る気はないのか」

「今は宿屋の仕事が楽しいし、うちがハンターに戻っても組んでくれる人がいないから……」

「ふむ、そんなことは無いと思うが、いつでも戻ってきて良いのだからな」

「ありがとう、会長」

　熊会長は鷹揚《おうよう》に頷《うなず》いている。ラッミスはハンターとして落ちこぼれだと口にしていたが、会長からの評価は低くないようだ。相性《あいしょう》のいい相手と組むことが出来れば、才能が開花しそうなのだが。

「それで話なのだが、近々、蛙人魔の拠点《きょてん》を襲撃《しゅうげき》する計画があるのだが、このハッコンだったか、キミも参加して欲しいのだよ」

　思ってもみなかった申し出だ。これって戦闘《せんとう》力として期待している訳じゃないよな。

「えっ、ハッコン戦えないよ？」

「知っておる。彼には移動中の食事と飲料を提供してほしいのだ。我々も十二分な食料を用意はするが戦いは何が起こるかわからない。即座《そくざ》に食べられる温かい食事というのはハンターには貴重でな。もちろん、購入《こうにゅう》する者は各自で料金を払わせる。それと別にこちらからも報酬《ほうしゅう》を支払《しはら》おう。それでどうだろうか」

悪くない申し出に思える。蛙人魔には警戒《けいかい》されているので、俺が狙《ねら》われる可能性も低いときている。おまけに、ハンターたちも大量に購入してくれそうだ。

ただ、俺をどうやって運搬《うんぱん》する気なのだろうか。馬車にでも載せてくれるなら、何の問題もないが。

「どうする、ハッコン。この依頼《いらい》受ける？」

「いらっしゃいませ」

即答《そくとう》しておいた。この集落で暮らしていくなら、ハンター協会の会長に顔を売っておくのは悪くない。それに今回の一件で知名度を上げて、大量のお得意様をゲットできるチャンスだ。舌に商品の味を覚えさせて、病《や》み付きにさせてやる。

「ハッコンは行きたいんだね。じゃあ、うちも参加する！」

元気良く手を挙げてアピールするのはいいけど、ラッミスには危険な真似《まね》をして欲しくないのだが。このままハンターにはならずに宿屋で働いているのが、彼女には向いていると思うけど。

「ラッミスも参加してくれるのか。ならば、ハッコン君と組んで食料運搬と食事提供を担当してもらってよいか」

「はーい。ハッコンのことは任せて！」

俺と一緒《いっしょ》に行動するなら、危険な場面に遭遇《そうぐう》することもないだろう。それに、いざとなれば〈結界〉で守ってあげられる。だったら、大丈夫かな。

それに協力して蛙人魔を何とかしておかないと、集落が危険に晒《さら》されることになり、最終的にはラッミスが無事では済まなくなる。

話がまとまり、熊会長が宿屋から出て行く。決行日は三日後らしいので、俺も準備をしておくか。食べ物を増やしておきたいところだな。何が好まれるか三日間色々と試《ため》してみよう。

◆

約束の三日後がやってきた。

俺は既《すで》に背負子《しょいこ》の上という定位置にいる。周囲にはハンターらしき男女が総勢三十名近くいて、町の防衛に最低限の人数を残しただけで、殆《ほとん》どがこの作戦に参加するそうだ。

集落の存亡も重要なのだが、何よりも集落内にある転送陣《じん》を奪《うば》われる訳にはいかないそうだ。この転送陣は地上から直接この清流の湖階層に跳躍《ちょうやく》できる魔法の装置。

上階層からもこの場所に移動してくるそうだ。各階層には階層主と呼ばれる存在がいて、そいつを倒《たお》したハンターたちの目の前に転送陣が現れ、それに乗ると次の階層へと移動するシステムらしい。

階層主を倒さなくてもダンジョン入り口で金さえ払《はら》えば転送陣は使えるので、階層主が倒されて解放された転送陣がある階層なら何処にでも飛べる。

下に潜れば潜る程《ほど》強力な敵が現れることが多いのだが、階層によってはそんなに強い敵が現れることもなく稼《かせ》ぎやすい階層もある。そのうちの一つが、ここ清流の湖階層だとカリオスが以前自慢《じまん》げに語っていた。

ただし、数の暴力程恐《おそ》ろしいものはなく、カエル人間は繁殖《はんしょく》期になると大量に卵を産み、一斉《いっせい》に大人になるので本格的に冬を迎《むか》える前が一番厄介《やっかい》だと、これはムナミが話していたのだったたか。

「今年もこの季節がやってきやがったか」

「実入りはいいからな。せいぜい、稼がせてもらうぜ」

如何《いか》にもベテランという感じの三十代半ばっぽい戦士風のコンビが軽口を叩《たた》いている。

見るからに頼りになりそうな人たちだ。これは毎年恒例《こうれい》の行事らしく、討伐《とうばつ》のタイミングを見計らって集落に訪《おとず》れるハンターも多く、商人たちも儲《もう》け時だと話していた。

「か、確実にいこう。僕たちは無理をしすぎないように」

「うん。おこぼれ狙いでも利益はでるからね」

初々《ういうい》しい新人も多く参加するようで、初めてとなる団体行動に若干緊張《じゃっかんきんちょう》気味のようだ。

これだけの人数がいればちょっとやそっとでは負けないと思うが、心配な点を挙げるとすれば、例年に比べて蛙人魔《かわずじんま》の数が多くいつもより活発らしい。

万が一の事態になったらラッミスだけでも守りつつ、撤退《てったい》したいところだが……10億ポイントの変形機能が欲しいな。

「ハッコン、座り心地《ごこち》悪いとかない？」

「いらっしゃいませ」

俺を気遣《きづか》って声を掛《か》けてくれているが、それは自分の緊張をほぐす為《ため》でもあるようだ。

ラッミスの顔が少し血の気が薄《うす》い気がする。

食料や物資を運ぶ部隊を何て言うのだったか、ミリタリーマニアの友人がその類《たぐ》いのゲームをしている時に何か言っていたな。確か輜重《しちょう》兵だったたか。まあ、輸送隊でいいか。

この部隊は戦闘に参加することは滅多《めった》にないらしく、馬車ならぬ額に角の生えた巨大な猪《いのしし》に荷車を運ばせている——荷猪車《にちょしゃ》と一緒に行動することになっている。

戦いにおいての物資の重要性は理解しているようで、護衛のハンターも六人常に傍《そば》にいてくれるそうだ。

「あんまり緊張しなさんな。俺たちはまあ中堅《ちゆうけん》どころの実力はある。蛙人魔に後《おく》れを取ることはないさ」

つばの広い帽子《ぼうし》を被《かぶ》り、無精《ぶしょう》ひげを生やしたワイルドな男が声を掛けてきた。西部劇に出てきそうなガンマン風なのだが、腰《こし》には銃《じゆう》の代わりに短剣《たんけん》を二本差している。

護衛担当の六人組のリーダーらしく、適度に力の抜《ぬ》けた自然体な感じがする人だ。今まで一度も見かけたことがないから、たぶん、この討伐戦に臨時で参加しに来た面々の内の一人なのだろう。

「はい、よろしくお願いします！」

勢いよく体を曲げて礼をしたので、俺も同時に振《ふ》り下ろされる形になった。ぶつかりそうになった男がひょいと後方に跳《と》ぶ。

「うおっと、これが例の意思ある箱ってやつか。集落で噂《うわさ》になっていたぜ」

「この子はハッコンです。硬貨《こうか》投入口にお金を入れて欲しい物の下にある出っ張りを押すと、商品が出てきますよ」

ラッミスの説明も様になってきているな。初めの頃は使い方がわからない人が多くて、彼女が実践《じっせん》して人々に教えていた。ある程度人々に知れ渡《わた》ると俺の横に簡単な説明文を書き込んだ立札を置いて、それを見た住人が恐る恐る試していた。今となってはちょっと懐《なつ》かしい。

「ほぅー便利なもんだ。探索《たんさく》中や戦争中に即座に食料や飲料が手に入る。ちとデカいのが難点だが、お嬢《じょう》ちゃんのように運ぶ者を雇《やと》えば、かなり有益かもしれん」

感心してくれるのは結構なんだが、その瞳《ひとみ》に仄暗《ほのぐら》い光が一瞬《いっしゅん》宿った気がした。あれって、俺を奪おうとして失敗した連中に似ているな。この男も警戒しておいた方がいいか。

「あ、今、ハッコン欲しいって思ったでしょ。駄目《だめ》ですよ、この子は私のお友達だから」

やっぱり、ラッミスは勘《かん》が鋭《するど》いというか人の考えを読み取る能力に優《すぐ》れている気がする。本人はあんな性格なので、それを生かしきっていないが。

「うおっ、ばれちまったか。俺んとこにも、ハッコンだったか、こいつがいたら便利なんだがな。まあ、お近づきの印に一つ買わせてもらうか。水はいらねえな……このロマワの輪切りっぽいのが浮《う》いた絵のやつにするか」

「それは冷たい方ですよ。その下の赤い出っ張りが温かい方」

「おっ、そうなのか。ありがとよ」

男は温かいレモンティーを選んだようだ。胡散臭《うさんくさ》いところはあるが客は客だ。ちゃんと商品は提供するよ。

取り出し口から男が商品を手にしたのを確認《かくにん》して「ありがとうございました　またのご

りようをおまちしています」といつものお礼を口にする。

「へええ、本当に話すのか。いやはや、大したもんだ。こんな容器も見たことが無いな。この精密な絵は一個一個手で描《か》いているわけじゃないよな。どうやってんだ」

「うんとね、よくわからないみたい。あ、飲んだら容器は消えるから、ゴミの心配もいらないよ」

ラッミスの言葉遣《ことばづか》いが素《す》に戻っている。丁寧《ていねい》な口調で初めは頑張《がんば》るのだが、直《す》ぐにこうなるのは彼女の欠点でもあり売りでもある。俺は自然体の方が魅力《みりょく》的だと思う。あと方言バージョンも嫌《きら》いじゃない。

「マジか。あとは味だが……くはあぁっ、うめえ。温かいし最高だな。これを富裕《ふゆう》層が住んでいるところに置いたらぼろ儲けできるぞ。って、この商品の補充《ほじゅう》ってどうなってんだ」

この男、質問の内容が的確だ。好奇心旺盛《こうきしんおうせい》というのもありそうだが、頭の中でそろばんをはじいてそうだ。金儲《かねもう》けの嗅覚《きゅうかく》が鋭いのかもしれない。

「それがね。ハッコンは一度も補充したことないんだ。今まで何百個も売っているのに。不思議でしょ」

「ますます、興味深い箱だな。おい、フィルミナどうせ聞いてたんだろ、ちょっとこっちこい」

「何ですか、ケリオイル団長。あと、声がでかいです」

呼ばれて現れたのは、弱いパーマをかけてウェーブ状に仕上げたような青い髪《かみ》をした女性だった。眉《まゆ》が細くて長い。その下の目は若干吊《つ》り上がり気味で、気が強そうに見える。顔の造形が整っているだけに、ちょっともったいないような。

手には木製の節くれだった杖《つえ》を持ち、澄《す》んだ青い色のローブのようなものを着込《きこ》んでいる。あれだ、魔法使いっぽい。それも水属性の。

「お前、魔法の道具とか古代のお宝とかに詳《くわ》しいだろ。このハッコンとやらが何かわからないか」

「さっきから色々探《さぐ》ってはいたのですが、魔力も感じませんし、ただの無機質な鉄の塊《かたまり》としか思えません」

いや、まあ、自動販売機《じどうはんばいき》だからね。

「だがな、補充もしないで品が出てくるって事は、転移系か別空間に収納しているってことだろ」

「普通《ふつう》はそうですが、加護の一種なら魔力が発生しない場合もあります。まあ、鉄の塊が加護を使えるわけがないです」

あ、うん、実は使えるんだ加護。やはり、自動販売機が加護を使えるのはおかしいらしい……知ってた。〈結界〉は暫《しばら》く発動しないで様子を見ていた方が良さそうだ。

「何かと規格外の存在か。よくわからんが、力を貸してくれるならありがたい。よろしくなハッコンとやら」

「ありがとうございました」

怪《あや》しい感じのする男だが、商品を購入したのであればお礼を言わねばなるまい。人が好《よ》すぎるラッミスが騙《だま》されないように見張っておかないと駄目かもしれないな。

討伐隊

Reborn as a Vending Machine, I Now Wander the Dungeon.

蛙人魔の巣というか集落は俺がいた湖畔《こはん》から、北に一時間ぐらい進んだ先にあるそうだ。

だから、何度もカエル人間が覗《のぞ》きに来ていたのか。あの時、加護選択《せんたく》を間違《まちが》えていたら今頃《いまごろ》スクラップだったかもしれない。戦闘《せんとう》系の能力を選ばなくて良かったよ……まあ選んだところで、自動販売機の体で扱《あつか》えるとも思えないが。

「いらっしゃいませ」

「ありがとうございました」

「またのごりようをおまちしています」

とまあ、深く考え込む時間が無いぐらい大盛況《せいきょう》だ。さっきからフル稼働《かどう》でお礼の言葉も途切《とぎ》れることが無い。

昼時になると各自が所有している携帯《けいたい》食料や、大量に荷台に積まれた食材を使って昼食を摂《と》り始めたハンター一行だったのだが、ラッミスの一言がきっかけとなり一気に客が集まってきた。

「このパスタ料理ってすっごく美味《おい》しいよね」

そう、俺は今回の遠征《えんせい》を考慮《こうりょ》して新機能を1000ポイントで追加しておいたのだ。朝晩かなり冷え込むようになってきたので、お湯を注ぐ機能を増やし、商品もカップ麺《めん》を四種類追加しておいた。きつねうどん、醤油《しょうゆ》ラーメン、豚骨《とんこつ》ラーメン、塩ラーメン、と好みに合わせて選べるラインナップ。

もちろん、何も知らない異世界の人相手の商売なので、お湯を注ぐだけの簡単仕様のモノを選んでいる。この商品も器《うつわ》の側面に作り方が、文字と絵で表示されているタイプのものなので、ラッミスとムナミも直ぐに理解してくれた。

カップ麺販売モードに変化させると、自動販売機の半分をその機能が占《し》めてしまうので、飲料を置けるスペースが減ってしまうのが難点かもしれない。ただし、カップ麺機能は入れ替《か》えが自由なので、いつもの状態にも直ぐに戻《もど》せる。

今日は曇天《どんてん》模様で肌寒《はだざむ》かったことも幸いし、美味しそうに食べるラッミスを見て客が群がり大盛況となっている。

ちなみに一つ銀貨二枚となっている。オプションのフォークもカップ麺と一緒《いっしょ》に提供されるので、そこら辺の対策も万全《ばんぜん》だ。

「くはぁー、身体《からだ》が芯《しん》からあったまるぜ」

「この大きな茶色いの味が沁《し》みていて美味しいわぁ」

「お前のうまそうだな、一口交換《こうかん》しようぜ！」

和気あいあいと感想を口にしながら食べるハンターたち。あっという間に四十個のカップ麺と飲み物も大量購入《こうにゅう》してもらえた。体を動かす職業なだけあり、一人で二個以上食べる人も少なくない。

相手の集落まで片道徒歩二日はかかる距離《きょり》を考慮して、食料は大量に積み込まれていて余裕《よゆう》があるのだが、昼食に手間をかけないのがハンターの基本らしく、物珍《ものめずら》しさと相まってこの売り上げとなったようだ。

もちろん、開発者が試行錯誤《さくご》して生み出した味が素晴らしいというのは言うまでもない。こういうクオリティーの高さを実感すると、日本人で良かったなと心底思う。

この調子だと遠征中に荒稼《あらかせ》ぎできそうだな。値段は銀貨三枚でもありだったのだが、蛙人魔《かわずじんま》の駆除《くじょ》が最優先なので、彼らを応援《おうえん》する意味も込めて少し下げさせてもらった。

俺たちは討伐《とうばつ》隊の最後尾《さいこうび》にいるので戦闘とは無縁《むえん》で、時折先発しているハンターたちの剣戟《けんげき》と怒鳴《どな》り声が聞こえてくる程度で、至って平和である。

移動中は商品を買う人もいないので、自分の能力の再確認と今後の進むべき道を模索《もさく》する時間に充《あ》てていた。

自分の全能力を表示するとこんな感じになっている。

《自動販売機　ハッコン》
耐久《たいきゅう》力　１００／１００
頑丈《がんじょう》　１０
筋力　０
素早さ　０
器用さ　０
魔力　０
ＰＴ　３６００
（冷）　ミネラルウォーター　１０００　１銀貨（１３０個）
（冷）（温）　ミルクティー　１０００　１銀貨（１２４個）
（冷）（温）　レモンティー　１０００　１銀貨（　６５個）
（冷）　スポーツドリンク　１０００　１銀貨（　７８個）
（冷）　オレンジジュース　１０００　１銀貨（　６５個）
（温）　コーンスープ　１０００　１銀貨（１１９個）
（温）　おでん缶《かん》　３０００　３銀貨（　５６個）
（常）　成型ポテトチップス　１０００　１銀貨（１３６個）

〈常〉　カップ麺　きつねうどん　２０００　２銀貨（８５個）
〈常〉　カップ麺　とんこつラーメン　２０００　２銀貨（９２個）
〈常〉　カップ麺　醤油ラーメン　２０００　２銀貨（８８個）
〈常〉　カップ麺　塩ラーメン　２０００　２銀貨（８９個）
〈機能〉保冷　保温　お湯出し（カップ麺対応モード）
〈加護〉結界

表示される文字が増えすぎだな。商品は別々で確認《かくにん》した方が良さそうだ。

討伐隊に参加中は常時カップ麺もいける状態にしておいて、飲料も一種類ずつ並べておく感じで対応しよう。

しかし、機能追加で外観が一気に変わるのは魔法のようだったな。これってもしかして、配色とかデザイン、フォルムの変更《へんこう》も機能欄《らん》にあったりするのかね……あった。

ほうほう、色は自由に変えられるのか。模様の追加やスイッチのデザイン、電光掲示板《けいじばん》の取りつけも可能なのか。自由度高いな。

配色変化はそんなにポイントを消費しないようだが、形状の変更と電光掲示板は結構ポイント取られるぞ。これはもっと余裕が出てからにしよう。

機能追加にある様々な仕様を眺《なが》めていると、あっという間に時が過ぎ、気が付けば辺りは暗くなっていた。

「ここらで一晩明かすぞ。各自野営の準備をしてくれ」

あの渋《しぶ》い声はハンター協会の会長か。そういや、討伐隊に参加しているのだったな。元々凄腕《すごうで》のハンターだったそうで、ここのメンツの中では頭一つ抜《ぬ》き出た実力者らしい。

テントを設置するグループもいれば、焚火《たきび》の前に居座っているだけのハンターも多い。ああいう人は寝袋《ねぶくろ》か毛布を纏《まと》うだけなのか。ラッミスはどうするのか気になり視線を動かすと、俺の隣《となり》に座ってニコニコしているだけだった。

……何も考えてないように見えるけど、仮にもハンターやっていたのだから、そんなことはないよな。でも、俺を背負っていただけで何一つ荷物を持っていなかった気がする。大丈夫《だいじょうぶ》なのか？

そんな心配をよそに彼女は何を買おうかと商品を一生懸命《いっしょうけんめい》に選んでいる。他《ほか》の人たちは明日が決戦ということもあり、少し豪勢《ごうせい》な夕飯を作って食べているな。

大半が飲料のみを購入して、おでんもカップ麺もあまり捌《は》けていない。手持ちの荷物を減らす為《ため》にも、食材の消費をしておきたいのだろう。

「この串《くし》に刺《さ》したのほんと好き。小さい卵だけの串があれば最高なのに」

ラッミスは卵派か。ウズラの卵は単価が高いから全部卵にしたら仕入れ値が上がりそうだな。俺はおでんなら餅巾着《もちきんちゃく》と大根は外せない。

彼女の晩御飯《ばんごはん》はおでんとミルクティーときつねうどん。栄養バランスがいいのか悪いのか。

「今、よいか」

ぬっと巨体《きょたい》が覆《おお》い被《かぶ》さるように、ラッミスの背後に立つのは会長さんか。

こんなに近くに寄るまで全く気付かなかった。凄腕のハンターだったというのは嘘《うそ》じゃないようだ。

「会長も何か買うの？」

「そうだな。黄色いスープを後でもらおうか。それよりも、明日の事なのだが。やつらの集落まで、ここから三時間程度で着くだろう。ここは周囲を木々に囲まれている空き地なので、光が漏《も》れずに野営に向いている。敵に見つかる可能性も低いだろう」

だから、火を焚《た》いているのか。敵の本拠地《ほんきょち》が近いのに、夜に目立つような真似《まね》をすることに疑問を抱《いだ》いていたが納得《なっとく》した。

「そこでだ。お主らはここで待機しておくか、我々と共に戦場に赴《おもむ》くか好きな方を選んでくれ。ここに残る場合、蛙人魔の残党や他の魔物《まもの》が現れる可能性もある。護衛の彼らは残しておくが、安全だと言い切ることはできない」

一緒に蛙人魔に向かえば戦闘に巻き込まれるが、三十人ものハンターと共にいられるという安心感も捨てがたい。その中にはベテラン勢も多く、万が一にも負ける可能性は無いという事前情報は得ている。

正直、蛙人魔以外の魔物というのがどれ程《ほど》危険な存在なのかわからないので、俺にはどっちが正しいのか判断がつかない。

「う、うーん。うちはこれでもハンターだから、戦場に立つのは問題ないけど、ハッコンは戦いに巻き込まれたくないよね？」

困ったな。どう返事すればいいのか。俺は痛覚もないし、二、三発ぐらいなら攻撃《こうげき》を受けても大したことはないのは体験済みだ。傷ついてもポイントで修復できる。

俺は別に構わないが、ラッミスがどうしたいかだ。見た感じでは怯《おび》えてもなく、寧《むし》ろ戦う意欲があるような。だったら、俺の返事は決まっている。

「ざんねん」

「えっ、戦いに参加してもいいの？」

「いらっしゃいませ」

「うん、わかった。会長、うちとハッコンも戦いに参加するよ！」

彼女は俺が守ってみせる。手も足もないけど〈結界〉があるから守るぐらいは出来る筈《はず》だ。この世界に来て初めての客であり初めての友達。ポイントと引き換《か》えに助けられるなら、幾《いく》らでも使ってやる。その為にも頑張《がんば》って商品を売り捌《さば》きポイントを稼《かせ》がないと。

さあ、他のハンター共よ、我が商品の虜《とりこ》になるがいい！

◆

朝日が昇《のぼ》り始めると同時にハンターたちも活動を始めている。ラッミスは結局俺に寄り添《そ》って眠《ねむ》っていた。どうやら機能の〈保温〉効果は周囲にも影響《えいきょう》があるらしく、彼女は毛布も被《かぶ》らない状態で、寒がりもせず熟睡《じゅくすい》していたのには驚《おどろ》かされたぞ。

昨晩はかなり冷え込んでくれたので、おでんと温かい飲料が飛ぶように売れほくほくですわ。一日で1000ポイントも稼げるとは、いい意味で予想外だ。

今日も朝から温かい物を求め、俺の前には列が出来上がっている。カップ麺とコーンスープの個数を増やしておいた方が良さそうだな。

蛙人魔を倒《たお》すにあたって、相手がカエルの習性を持っているなら、もう少し待てば冬眠《とうみん》に入って楽に倒せそうな気もするのだが、地球のカエルとは似て非なる存在かもしれない。仮に俺の予想が当たっていたとしても伝える術《すべ》はないのだが。

「皆《みな》、聞いてくれ。朝食を終えたら今から、敵の本拠地を襲《おそ》う。手筈《てはず》は伝えた通りで頼《たの》む。戦力的には問題なく完勝できる。だが、油断はしないでくれ。以上だ」

会長の言葉には妙《みょう》な説得力と安心感があるな。この人が言うなら大丈夫だという気にさせてくれる。

テントと調理道具も片づけは終えたようだ。いつものようにラッミスに背負われ、俺たちも出発した。

仲間と魔物退治に向かう。こう書けばよくある異世界ファンタジー作品なのだが、自動《じどう》販売機《はんばいき》なんだよな……自力で動けないんだよな……どうしろと。

活躍《かつやく》する為には加護とやらで〈結界〉以外の能力を得るというのが一番の近道に思えるが、加護の能力を得るのに必要なポイントが一番低い物で、１００万ポイントってばっかじゃねえか。

あー、空は青く澄《す》み渡《わた》っているなー。可愛《かわい》い女の子に背負われるだけの存在って、男としてどうなのだろうかとか、考えたら落ち込みそうになるからやめておこう。

襲撃

　カエル人間の住む場所にかなり近づいたらしく、周囲の空気が変わったのがわかる。機械の身体《からだ》なのにな！

　身体に水滴《すいてき》が付着している。湿気《しっけ》が酷《ひど》いようだ。身体錆《さ》びたりしないだろうか……。

　足下《あしもと》の土も泥状《どろじょう》になっているようで、歩きにくそうにしている。ラッミスは俺が重すぎるせいで膝下《ひざした》辺りまで埋《う》まっている。大丈夫だろうか。

「グゲグガグエグエッ！」

「やっちまええええっ！」

　カエル人間の鳴き声と勇ましい絶叫《ぜっきょう》が至る所で上がっている。先行しているハンターが戦闘《せんとう》に入ったようだ。足場が悪いとハンター側が不利な気がするのだが、そんなのは彼らも百も承知だろう。

　その上で勝てると見込《みこ》んだのだから、素人《しろうと》の俺が心配するなんておこがましい行為《こうい》だ。お客たちの無事を祈《いの》るしかない。

泥《どろ》を跳《は》ね上げて走る音がこちらに近づいてきている気がする。荷猪車《にちょしゃ》を囲むように陣取《じんど》っている護衛の面々の顔が真剣《しんけん》な表情に切り替《か》わった。

「ハッコン、敵が来たみたい。一緒《いっしょ》に頑張ろうね」

俺が戦力にならないとわかっているのに、一緒にと言ってくれた。その心意気に応《こた》えないと男じゃない。まあ自動販売機に性別があるとは思えないが。

彼女は俺を降ろす気が無いらしく、そのまま戦う気のようだ。この重さを苦にもしてないので大丈夫だとは思うが、どちらにしろ彼女が決めたのなら答えは一つしかない。

「いらっしゃいませ」

音量を出来るだけ低くして返事をしておく。ラッミスは前に集中して、後ろは俺に任せてくれ。どんな攻撃も受け止めてみせるから。

っと、敵がやってきたな。結構な数のカエル人間が走り寄ってきているようだ。背負われている俺からは背中側になるので、音で判断するしかない。っと側面から現れたのは俺でも目視できる。相手は脚《あし》が水かきになっているので、跳ねるようにして泥に埋まることなく動けるのか。

横合いから迫《せま》る敵にラッミスが身構えたので、進行方向の敵も横目で確認できるようになった。

「討伐《とうばつ》数で金が加算されるからな。お前ら気合入れろよ！　やっちまえ！」

「いくぞおおっ！」

リーダーであるケリオイルの号令に従い、前方から迫りくるカエル人間に矢と投げナイフ、手斧《ちょうな》が襲い掛《か》かる。

おー、この人たちはかなりの腕《うで》のようだ。殆《ほとん》どが狙《ねら》い違《たが》わずカエル人間に突《つ》き刺さっている。敵の接近を許さず既《すで》に半数がやられた。

「水よ渦《うず》を描《えが》き貫《つらぬ》け」

あれはケリオイルを団長と呼んでいた魔法使《まほうつか》いっぽい格好をしている女性か。杖《つえ》を突き出すと、そこから勢いを強めたホースから噴《ふ》き出すように、水が真っ直《す》ぐ伸《の》びていく。

水流は重力に従うことなく地面と平行に飛んでいった。よく見ると先端《せんたん》が錐《きり》の様に鋭《するど》く尖《とが》っている。それは水だというのに易々《やすやす》とカエル人間の頭を貫き、もう一体も串刺《くしざ》しにしている。

あれって魔法なのかなやっぱり。もしかして、加護の能力を俺も手に入れたら、あんな感じで操《あやつ》れるのだろうか。だとしたら戦う自動販売機に……悪くない未来だ。でも、俺の魔力《まりょく》って0だったよな。あ、無理っぽいぞ。

そんなことを呑気《のんき》に考えていられるぐらい楽勝ムードだ。視界が激しく揺《ゆ》れているのはラッミスが戦っているからなのだろうが、背中側が見えないのは不便過ぎるな。どうせなら、前向きになるように背負ってもらいたかった。

彼女は攻撃を命中させるのが苦手だと零《こぼ》していたが、上手《うま》くやれているのだろうか。

心配だが悲鳴は聞こえていないし、こっちを見ている護衛が焦《あせ》ることなく手助けにも来ないということは、ピンチではないということだろう。

あれ、今更《いまさら》だけど武器持ってなかったよな。手に少し大きめのグローブをしていたけど、あれってもしかして？

「よ――っし、何とか倒せたー。ハッコン、揺らさないようにできるだけ小さく動いていたら、いつもより攻撃当たるし、楽に倒せたよ！」

背後からラッミスの喜ぶ声が聞こえる。体を半回転させて、新たな敵に備えているようだ。見える範囲《はんい》が横にずれたので、さっきまでラッミスが戦っていたであろう敵の姿を見ることが叶《かな》った。

うわっ、顔面が陥没《かんぼつ》している、カエル人間の死体が泥の上に転がっている。巨大なハンマーで顔面を殴《なぐ》られたのではないかと思うぐらいの変形具合だ。これって怪力《かいりき》で殴った跡《あと》だよな。そ、そうか。冷静に考えたら妥当《だとう》な破壊《はかい》力か。

俺を軽々と背負い、平気な顔をして歩き続ける力と足腰《あしこし》の強さがあるのだ。この威力《いりょく》を叩《たた》きだせたとしても何ら不思議ではない。

彼女の話から察するに背中に俺がいるので、無駄《むだ》な動きを省き小さくまとまったのが功を奏したようだ。これだけの力があるのだから、コンパクトに動いて攻撃を当てることに集中した方が強いということか。

　間接的にだがラッミスの力になれたのなら嬉《うれ》しい限りだ。

　あと少しでカエル人間たちを殲滅《せんめつ》できそうだったのだが、更《さら》に追加で十体出現している。最後尾《さいこうび》の俺たちにはあまり敵が来ないという話の筈が、おかしくないか。

「ここでこんなに敵がいるってのは不自然だ。前線はもっと湧《わ》いているとなると……きな臭《くさ》くなってきやがったな」

　ケリオイル団長が忌々《いまいま》しげに呟《つぶや》いている声が届いた。やはり、この事態は異様なのか。

「お前ら集まれ。自由にやっていやがると足元をすくわれかねん！」

「わかりました、団長！」

　荷猪車を背に護衛のハンターたちが円陣《えんじん》を組んでいる。その判断は正しかったようで、泥の中から更に追加で現れたカエル人間が周囲を取り囲んでいる。

　ざっと見積もっても三十はいるぞ。一人頭、五体やらないといけないのか。これって、結構ヤバくないか。

「団長さすがにこれは、多すぎませんか」

「泣き言は後だ。いざとなれば荷猪車は捨てても構わねえ。命大事にがうちの団のモットーだからな」

「初めて聞きましたよ」

ケリオイルと青髪《あおがみ》のフィルミナは軽口を叩いているが、その表情に余裕《よゆう》はない。それだけ、緊迫《きんぱく》した情勢だということか。

ラッミスにも危なくなったら逃《に》げて欲しいところだ。俺が邪魔《じゃま》なら捨てて行ってくれて構わないから。

彼女は弓を構えているハンターの傍《そば》に立ち、近距離《きんきょり》戦を担当するつもりか。

「撃《う》ち漏《も》らしたのはうちが何とかするから」

「ありがとう、助かるっす」

フードで顔が見えなかったので今まで気づいてなかったのだが、この狩人《かりゅうど》っぽいハンターは女性なのか。って、あれ、今更だが護衛担当のハンターって女性率高いな。全員があのケリオイルを団長と呼んでいたから、この人たちはあの人の配下ってことだ。

六人の内、女性が三名もいるぞ。もしかしてハーレム状態の団なのか……ケリオイルのことをこれからは無精《ぶしょう》ひげと呼ぶことにしよう。

そんな馬鹿《ばか》なことを考えている間にも戦況《せんきょう》が激しくなっている。無精ひげは団長を名乗るだけあり、両手の短剣《たんけん》を見事な剣捌《けんさば》きで操り、次々とカエルの死体を築いている。

フィルミナも水を巧《たく》みに操作して敵を寄せ付けていない。他《ほか》の面々もかなりの腕利《うでき》きのようでカエル人間を圧倒《あっとう》しているな。

問題はラッミスが庇《かば》っている射手だ。この女性もなかなかの腕なのだが、連射が苦手のようで攻撃《こうげき》と攻撃の間にもたつきがあり、敵の接近を何度も許している。

そこでラッミスが割り込み、何とか対応しているという状態だ。さっきの体捌《たいさば》きでコツを摑《つか》んだらしく、一対一なら簡単にねじ伏《ふ》せられるようになったようだが、二体同時となるとかなり厳しいようだ。

彼女の背後に回り込んだもう一体が、長い舌を伸ばして自分の眼球を舐《な》めているのは挑発《ちょうはつ》のつもりなのか。死角に入り込み、手にした斧《おの》を振《ふ》り上げ、俺に殴りかかろうとしている。

このまま受け止めても耐《た》えられるダメージなので、あえて結界を張らずに攻撃をもらった。

《4のダメージ、耐久力《たいきゅうりょく》が4減りました》

体を揺さぶる衝撃《しょうげき》と共に文字が浮《う》かぶ。久しぶりのダメージ表示だ。

斧はなかなかの高威力っぽいが、俺にはポイントが結構残っている。数十発なら受け止めてやるぞ。

「えっ、背後に回られているの!?　ご、ごめん、ハッコン！　大丈夫《だいじょうぶ》!?」

取り乱した声が聞こえる。そんなに慌《あわ》てなくても大丈夫なのだが。心配は無用だ。むしろラッミスの代わりにダメージを受けたのなら嬉しいぐらいだよ。

「いらっしゃいませ」

「ほんとううに、ごめんね！」

気にしないでそっちに集中してくれ、と言いたいのに伝えられないもどかしさ。こっちに気を取られて、戦闘が疎《おろそ》かになったら元も子もないよな。

向こうの様子は見えないが、身体の揺れる感覚から動きに乱れを感じる。焦りがこっちにまで伝わってくるぞ。これは良くない流れだ。

「きゃっ！」

射手の人が攻撃を避《よ》け損《そこ》ねたらしく、視界の端《はし》で転んでいるのが見えた。そんな彼女に槍《やり》を手にしたカエルが跳躍《ちょうやく》して上から突き刺《さ》そうとしている。

「だめえええええっ！」

ラッミスはその光景を目《ま》の当たりにして、何も考えずに飛び込んでいく。彼女を抱《だ》きかかえるようにして庇うと……まあ、俺が矢面《やおもて》に立つわけで。

あ、体重の乗った切っ先が迫ってくる。ここは〈結界〉発動っ！

俺の周囲に青白い光が広がり、寸前まで迫っていた切っ先が弾《はじ》かれ、ついでにカエル人間も吹《ふ》っ飛ばされている。

「え、何、この光……貴女《あなた》の力っすか？」

「ち、違うわよ」

話を振られて射手の人が頭を左右に振っているのが、視界ギリギリに見える。ああもう、もどかしい。もうちょっと視界を広げたい。何かそういう機能はないのか。

　こんな状況下《じょうきょうか》だが、あまりに不便なので機能欄《らん》にざっと目を通すと、あった、〈全方位視界確保〉の文字が。１０００ポイントは安くないが、背に腹は代えられない。躊躇《ためら》うことなくそれを取得した。

　おおおっ、急に視界が広がり……酔《よ》いそうだ。あらゆる方向を見られるようになったのは嬉しいが、これ慣れるまできつそうだな。

「じゃあ誰《だれ》がこの光の壁《かべ》を出してくれたっすか」

「あたりがでたらもういっぽん」

　ここで俺だというアピールをしておく。自慢《じまん》したいわけじゃないが、誰がやったかわからないと動きづらいだろう。

「えっ、ハッコンがしているの！」

「いらっしゃいませ」

「うわー、そうなんだ。ありがとう、ハッコン！」

　これで素直《すなお》に信じてくれるのがラッミスのいいところだよな。意思の疎通《そつう》ができる鉄の箱にこんな能力があるなんて荒唐無稽《こうとうむけい》な話、普通《ふつう》は誰も信用しないだろう。

「じゃあ、危なくなったらお願いしていい？」

「いらっしゃいませ」

音量を上げて、はっきりと答える。これで、彼女にも守りは万全《ばんぜん》なことが伝わった。
ここからが本番だ。二人で協力してカエルを殲滅しよう。

一台と一人

Reborn as a Vending Machine, I Now Wander the Dungeon.

「ハッコン、背後から敵が来たら教えてね」
「いらっしゃいませ。あたりがでたらもういっぽん」
「あたりがでたらって言ったら、敵が来たって事でいいんだよね」
「いらっしゃいませ」

ラッミスとの意思の疎通がスムーズになってきているような。彼女の勘《かん》の鋭《するど》さに助けられている面も大きいが、お互《たが》いに話さなくても何となく考えていることがわかり始めている……気がする。

しかし、ラッミスは本当に落ちこぼれだったのか？　動きが見えるようになってから、彼女の一挙手一投足をつぶさに観察しているのだが、背中の俺が邪魔で肘《ひじ》を後ろまでやれないというのに、自動販売機《じどうはんばいき》に一度しか肘をぶつけていない。

足もすり足で決して素早い動きではないのだが、相手の攻撃を躱《かわ》す時には最小限の動きで、最短距離《きょり》を進むようにしているようだ。

そんな窮屈《きゅうくつ》な動きだというのに、俺は一度たりとも被弾《ひだん》していない。素人目線だが格《かく》闘家《とうか》のようなキレのある技《わざ》や足捌《あしさば》きしていないか。

「あー、この動き。そうよ、この動き！　師匠《ししょう》に岩を背負わされて修行《しゅぎょう》させられた日々がっ、あの地獄《じごく》めぐりツアーの日々がっ」

師匠？　もしかして、ラッミスはかなり厳しい格闘の訓練を受けてそれなりの実力があるのに、活《い》かしきれていなかっただけなのか。俺を背負うことで似たような訓練の経験を思い出して、本来の動きを思い出した、というのは都合が良すぎる解釈《かいしゃく》か。

何にせよ、今のラッミスなら安心して見ていられる。しかし、自動販売機を背負うと強くなる設定ってどうなんだ。むしろ普通は重りを剝《は》がし軽くなって、能力がアップするのが定番だろうに。

「お、やるじゃねえか。その破壊《はかい》力と受け流しの技、大したもんだぜ」

「いやー、そんな言われたら照れるやんか」

無精ひげ団長に褒《ほ》められて恥《は》ずかしがるのは後にしてくれ。褒められ慣れていないから嬉《うれ》しいのはわかるけど、戦場の真《ま》っ只中《ただなか》だ。頭を搔《か》くのもあと、あと！　ちゃんと戦闘に集中してくれ、見ていて怖《こわ》すぎる！

ってほら、敵が接近しているって。

「あたりがでたらもういっぽん」

「もう、ハッコンまで褒め過ぎやって」

意思の疎通とは何だったのか。さっきの会話内容、頭からぶっとんでいるだろ。ああもう〈結界〉発動っ！

背後から迫《せま》ってくる二体のカエル人間を、体に触《ふ》れる直前で止める。あっぶなぁ……間《かん》一髪《いっぱつ》だった。

「この青い光はどういうことだ。敵の攻撃《こうげき》を防ぐだけじゃなく、通り抜《ぬ》けることすらできないのか。聞いたことも見たこともない……これはお前さんの加護か？」

〈結界〉ってレアなのか。無精《ぶしょう》ひげ団長が結界を武器や指で突《つつ》いて唸《うな》っているぞ。あんたも戦闘中だというのに余裕《よゆう》だな。あっ、飛び込んできたカエル人間を、振り返りもせずに斬《き》り捨てている。無精ひげ侮《あなど》りがたし。

「ううん。これはハッコンの力だよ」

あ、ラッミス。この人には秘密にしておいて欲しかったんだが、仕方ないか。人を疑うことのない純粋《じゅんすい》さも彼女の魅力《みりょく》だしな。

無精ひげの口元に浮かんだ笑《え》み。悪巧《わるだく》みをしてそうな顔だ。本気で俺を盗《ぬす》みかねないぞ、こいつ。要注意人物に格上げだ。

「ハッコンとはこれからも仲良くしたいぜ」

「うんうん、仲良くしてあげてね」

周りにカエルの無残な死体が転がっていなければ、ほのぼのした日常の一コマっぽい。あと、無精ひげと仲良くするのはお断りです。

それと、和《なご》むのは後にしてくれ。楽しく会話する場面じゃないから――と思ったのだが、意外と苦戦していないな。この護衛の一団はかなり優秀《ゆうしゅう》らしく、危なげなく処理している。

「ここは、あらかた片付いたか。お前ら、ちゃんと舌切り落としておけよ。後で協会に提出するからな」

「団長もやってくださいよ。ねばねばしてキモいんですよこれ」

「ふっ、そういう面倒《めんどう》くせえことをするのが嫌《いや》だから団長やってんだよ」

「横暴っす！」「幼女趣味《しゅみ》だー」「給料安いぞー」

「てめえら、いい根性《こんじょう》してやがるな……」

意外とアットホームな職場なのか。罵倒《ばとう》しているようで、じゃれ合っているようにしか見えない。この無精ひげ団長、目ざといだけで悪い奴《やつ》には見えなくなってきた。

いや、仲間内から慕《した》われていても、他人には外道《げどう》な輩《やから》もいるだろう。油断は禁物だ。

「さーてと、これからどうすっか。稼《かせ》ぎとしては悪くないが、欲を出すなら前線に向かうのもありだが」

「我々の任務は、食料の運搬及《うんぱんおよ》び鉄の箱と、それを運ぶ女性の護衛ですよ」

「んなことは、わかってるってーの。でもよフィルミナ副団長、ここで稼いでおけば団の運営がかなり楽になるぞ。お前らにも賞与《しょうよ》だせるかもしれないのに、残念だ。実に残念だ」

無精ひげ団長がわざとらしく、額に手を当てて頭《かぶり》を振《ふ》っている。フィルミナさんは副団長だったのか。自由人っぽい団長に振り回されて苦労してそうだな。

「はぁー、わかりました。備品も新しくしたいところでしたし、前線のお手伝いに向かいましょう。ただし、ラッミス様も納得《なっとく》されたらですよ。我々の任務はあくまで彼女とハッコンさんの護衛ですので」

「わーってる、わーってるって。そんなに小難しいことばっか考えてると、小じわが増えるぞ。もっと気楽にいこうぜ」

うわー、親指を立ててウィンクをしている無精ひげ団長に、フィルミナ副団長がイラッとしている。一発殴《なぐ》ってもいいんだよ？

「ということで、ラッミス様はどうなさいますか。もちろん、ここで待機というのであれば従いますので」

「行こうぜー、戦おうぜー、お前さんも、もっと戦いたいだろー」

あ、うざい。いい年をしたオッサンが、子供みたいに駄々《だだ》をこねている。くねくねと体を揺《ゆ》らしている動作が神経を逆なでしたようで、フィルミナ副団長から水の塊《かたまり》をぶつけられている。

「ええと、向こうが苦戦しているなら手伝ってあげたいから、行こう！　ハッコンもそれでいい？」

ラッミスならそう言うと思ったよ。もちろん、異論はない。

「いらっしゃいませ」

こっちに敵が流れてきているということは、本陣《ほんじん》はかなり苦戦している可能性がある。援軍《えんぐん》に向かうことに口を挟《はさ》む気はないが……まあ、口を挟みようがないけど。混戦に巻き込まれる可能性が高い。〈結界〉をいつでも発動できるように気を張っておこう。

荷猪車《にちょしゃ》と一緒《いっしょ》に進行すると、そこら中で泥《どろ》まみれのバトルが繰《く》り広げられていた。無精ひげの一団が意気揚々《ようよう》とカエル人間に襲《おそ》い掛《か》かっている。他《ほか》のハンターは押され気味だったようで、彼らの乱入を素直《すなお》に喜んでいるようだ。

しかし、数の差が酷《ひど》いな。多く見積もっても五十匹《ぴき》だろうという事前情報だったのだが、少なく見積もっても百匹はいるよな。それも、地面に転がっている死体を合わせたら二百近いんじゃないか。

ハンター側の負傷者も結構な数に達していて、白いローブを着込んだ人が手から白い光を出して、怪我人《けがにん》を癒《いや》している。まるで時を巻き戻《もど》しているかのように、酷い傷が見る見るうちに塞《ふさ》がっていく。

あれは俺でも知っている。加護の〈癒しの光〉だったか。所有者がそれなりに多い加護なのだが、傷を癒せるという能力は重宝されているので、所有者は仕事に困らないそうだ。ちなみに常連である老夫婦の御婦人《ごふじん》の方が使えるそうだ。

三十人近くいたハンターのうち、まともに戦えているのは半分ぐらいか。傷が癒されても流れ落ちた血と体力は戻らないので、大怪我《おおけが》を負ったハンターは戦線復帰が厳しい。

「怪我人を荷台に運ばないとっ！」

ラッミスは戦闘に参加するよりも、怪我人の確保に回るのか。俺を背負ったまま駆《か》け寄る姿に、怪我人たちが目を見開き戸惑《とまど》っているが、問答無用で抱《だ》きかかえては荷台に運んでいく。

しかし、大の大人を軽々と運ぶな。背中の俺も相当な重量だというのに、これだけ身体能力が高ければ、そりゃ強くない方が嘘《うそ》だというものだ。

こういう時、手伝えることが無いのが困る。何か出来ることは……スポーツドリンクの差し入れでもしておくか。彼女が荷台に怪我人を搬入《はんにゅう》した直後に、スポーツドリンクを取り出し口に落とし「あたりがでたらもういっぽん」と音を出すと、それだけで察してくれた。

「これ怪我人に渡《わた》したらいいんだよね」

「いらっしゃいませ」

次々とスポーツドリンクを落とし、それを拾ってはラッミスが荷台に並べている。二十ぐらいあればいいか。

「ハッコンからのサービスだから好きなだけ飲んでいいからね」

「お、う……ありがとうよ」

心から相手を心配して気遣《きづか》う姿に、むさ苦しいオッサンたちの厳《いか》つい顔に弱々しいが笑みが浮《う》かぶ。弱っている時に純粋無垢《じゅんすいむく》なラッミスに癒されたら、大半の男はこうなるだろう。

戦線を離脱《りだつ》した怪我人の全《すべ》てを荷台に放《ほう》り込み終わると、あれ程《ほど》いたカエル人間の群れも二割程度しか残っていない。この乱戦を軽傷、もしくは無傷で戦い続けている面々はかなりの猛者《もさ》らしく、カエル人間を軽々と葬《ほうむ》っている。

ここまで実力差があると圧倒《あっとう》的物量の差も問題にならないのか。

「助かったぞ、ケリオイル君。流石《さすが》、愚者《ぐしゃ》の奇行《きこう》団といったところか」

熊《くま》会長がのしのしと歩み寄ってくる。爪《つめ》が血で赤く染まっているので凄味《すごみ》が倍増しだ。この人も無手で戦うのか。いや、素手と言っていいのか……あの鋭《するど》い爪はそれだけで刃物《はもの》に匹敵《ひってき》しそうだが。

しかし、変な名前をしている団体だな。

「暇《ひま》していたので、余計かとは思ったのですが」

「助力感謝する。予想外の数がいてな、キミたちのおかげで何とか討伐《とうばつ》できた。しかし、他の集落にいた蛙人魔《かわずじんま》も合流したのか。一集落の数にしては予想の倍は軽く超《こ》えていた」

「それに異常なまでに好戦的でしたよ。通常、蛙人魔は全滅《ぜんめつ》するまで襲い掛かるような真似《まね》はしませんので」

無精ひげ団長と熊会長の話に割り込んできたのはフィルミナ副団長か。

確かに、カエル人間は俺を襲った時も、通用しないとわかると退《ひ》いて、その後も襲ってこなかった。無謀《むぼう》な突撃《とつげき》を繰り返す生物ではないというのは同意できる。

「ふむ、となると考えられることは……」

「やっぱそうですかね……」

「まあ、そうなります」

三人とも渋面《じゅうめん》をしているな。今の物言いといい、この状況《じょうきょう》が何か嫌な予兆だというのだろうか。そこは含《ふく》みのある話し方ではなく、ずばっと言い切って欲しい。こっちは訊《き》きだすことができないのだから。

「ねえ、何のことなの？」

ナイスだラッミス！　それが訊きたかった。

「ああ、すまぬ。これは憶測《おくそく》に過ぎんのだが、王蛙人魔《おうかわずじんま》が現れた可能性が高い」

お、王蛙人魔だと……何だそれ。名前からして強そうだよな、嫌な予感しかしない。

もめごと

戦力外となった怪我人たちは荷台で休んでもらい、護衛に人数を割《さ》き、実力者のみで集落にいるであろう蛙の王様——王蛙人魔を倒《たお》しに行くことになった。

物語の主人公ならここで、退治するメンバーに組み込まれるのだろうが、自動販売機《じどうはんばいき》の俺とラッミスはお留守番である。

まあ、食料提供が本命だから当たり前と言えば当たり前なのだが。

俺たちの護衛を担当していた六人は、ケリオイル率いる愚者《ぐしゃ》の奇行《きこう》団という。眉《まゆ》があれば眉根を寄せたくなるネーミングセンスの一団は全員、王様退治に行ってしまった。

あとは拠点《きょてん》である集落に王様とその取り巻きが残っている程度らしいので、俺たちはのんびり待っていればいい。ということは、商売ターイム！

荷台の近くに置かれたので、少しポイントを稼がせてもらうとしよう。

「いらっしゃいませ、いらっしゃいませ」

「温かい料理も飲料も取り揃《そろ》えていますよー、飲み物は銀貨一枚でーす！」

俺の呼び込みに反応して、ラッミスも手伝ってくれている。

丁度、一息吐《つ》くタイミングだったらしく、カップ麺《めん》と紅茶、スポーツドリンクの売り上げが赤丸急上昇《きゅうじょうしょう》中だ。

スポーツドリンクは当初、今まで経験したことのない味が集落の人々に不評だったのだが、ハンターが討伐後の疲《つか》れ切った時に飲むと、疲労《ひろう》が回復したという情報が広まり、ハンター内で大流行となった。

そもそも、青と白のロゴで有名なスポーツドリンクは、薬として開発されたという話を聞いたことがある。水分補給に優《すぐ》れていて、風邪《かぜ》や下痢《げり》のさいに大変お世話になった過去を思い出す。

今の状況にはピッタリな飲料だ。飲む点滴《てんてき》って言う人もいるよな。

「はぁー火を起こさないで温かいもの食えるのって、たまんねえな」

「後片付けが必要ないってのも、嬉《うれ》しいよね」

「うちのチームにも一台欲しいぜ」

自動販売機の性能はハンターたちにとってかなり有益なようで、羨《うらや》ましそうにこちらをチラチラと見る輩《やから》が大量にいる。無精《ぶしょう》ひげ団長だけでも厄介《やっかい》なのに、他のハンターたちにも注意を払《はら》わなければならないのか。

ラッミスは俺の人気が高いことが嬉しいらしく、いつにも増してにこにこと笑っている。

周りの視線の意味に気づいて……ないよな、この調子だと。

「すまん、誰《だれ》か怪我人の手当て手伝ってくれんか」

「あ、うちやるよー！　ハッコンちょっと一人にするけど、寂《さび》しいからって泣かないでね」

「またのごりようをおまちしています」

「何よそれ。じゃあ、行ってくるー」

茶目っ気のある問いかけだったので素早く切り返すと、頰《ほお》を膨《ふく》らませて少し拗《す》ねたような振りをして、走り去っていった。

これが生身の付き合いなら恋人《こいびと》同士に見られるかもしれないが、俺、無機物だしな……。

「っと、あのお人好《ひとよ》しはいないいな。今のうちか」

小柄《こがら》でひょろっとした出っ歯の目立つ男が、辺りの視線を気にしながらこっちに歩み寄ってきている。人を見た目で判断するのは最低の行為《こうい》だというのは理解した上で、言わせてもらいたい。胡散臭《うさんくさ》いぞ、こいつ。

何というか見るからに雑魚《ざこ》っぽい。ザ小悪党という称号《しょうごう》を与《あた》えたいぐらいだ。鼻歌交じりに近づいてくるが、視線が全身を舐《な》めるように這《は》いずり回っている。

視線を追うと、硬貨《こうか》投入口を気にしているようだが。

「さってと、何買うか」

雑魚っぽいハンターはわざとらしく大きな声でそういうと、コイン投入口に細い針金のような物を差し込もうとしている。

ああ、こいつ俺の金を盗《ぬす》むつもりなのか。ならば、それ相応の対応をさせてもらうとしよう。

「いらっしゃいませ」

最大音量でかましてみた。

「うえぃ!?」

おっ、飛び上がるぐらい驚《おどろ》いたか。俺の音声と小悪党の思わず漏《も》れた声に、周囲の視線が集まっている。さあ、この状況でどうするのかな。

「へ、へえ、マジで話せるのか。大したもんだ」

感心しているように装《よそお》っているが、頬が引きつっているぞ。

これで素直《すなお》に購入《こうにゅう》して帰るなら放っておくが、そんな素直な人間には見えない。

「てめぇ、言葉がわかっているなら大人しく金だしやがれ……壊《こわ》されたくなかったらなっ」

小声で凄《すご》んできたか。おっ、こいつ爪先《つまさき》で俺を蹴《け》っているぞ。ほほう、自動販売機で手足が無いからって舐めているな。

自衛できる自動販売機の実力を見せてやろうじゃないか。

俺が取り出し口にミネラルウォーターを一つ落としてやると、男の顔が喜色をあらわにしている。そして、手を突《つ》っ込むと中を弄《いじ》っている……ところで、追加の商品を落としてやる。

「また、音が……あっちいいいいいぃぃぃぃっ！　あつ、あつ、ぎいあああああっ！」

ふははははは、限界まで温めた灼熱《しゃくねつ》コーンスープはどうかね。更《さら》に数を増やしてやろうじゃないか。

「あたりがでたらもういっぽん」

続いて数本、コーンスープを落とすことにより男の手が抜《ぬ》けなくなった。我がボディーを傷つけ金を奪《うば》おうとしたことは許すわけにはいかん。暫《しばら》く、苦しむがいい。

「くそっ、くそっ、箱の分際で舐めやがって！　ぶっ壊してやる！」

男が腰《こし》に携《たずさ》えていた短剣《たんけん》を抜き出し、大きく振《ふ》りかぶった。〈結界〉で弾《はじ》いてもいいが、このまま受けても損傷は僅《わず》かだ。お前さんの愚行《ぐこう》を周りに知らしめるためにも、ここはあえて受け止めることにしよう。

そう決意して迫《せま》りくる切っ先を眺《なが》めていたのだが、俺に触《ふ》れる寸前で動きがぴたりと止まる。

「ハッコンに何しようとしているの……」

この低く凄味のある声はラッミスか。騒《さわ》ぎを聞いて駆《か》けつけてくれたみたいだ。この子はこんな声も出せたのか。

手首を掴《つか》まれた男が振り返ったまま硬直《こうちょく》している。それぐらい、ラッミスの顔には迫《はく》力《りょく》があった。日頃可愛《ひごろかわい》い顔を見慣れているだけに、眉尻《まゆじり》を吊《つ》り上げ目を大きく見開いた形相が恐《おそ》ろしく見える。

「ち、違《ちが》うんだ。品を取ろうとしたら、大量に落ちてきて腕《うで》が抜けなくなったんだって！」

「その前に何か変なことしなかった？」

流石ラッミスだ。その察しの良さと勘《かん》の鋭さ、惚《ほ》れそうになる。

「何もしてねえよっ！　こいつが勝手におかしな動きをしやがったんだ！」

「ハッコン、本当にこの人変なことしてない？」

「ざんねん」

「ほら、ハッコンは違うって言ってるよ」

「何言ってんだ。お前は俺とこの鉄の箱の言うこと、どっちを信じ――」

「ハッコンに決まっている」

被《かぶ》せてラッミスが即答《そくとう》した。俺に対する圧倒的な信頼度《しんらいど》の高さ。腕があったら抱《だ》きしめたくなるぐらいに嬉しいぞ。

そして、嘘《うそ》つき男には更に缶《かん》のプレゼントだ。温度は冷えてきたようだが、この重さで押し潰《つぶ》してくれる。

「いたたたたたっ！　この箱野郎《やろう》っ、やめろっ！」

「そういや、貴方《あなた》って団長さんが言っていた要注意人物の人かな。もしかして、グゴイルさん？」

「へっ、い、いや、違うぜ」

うわー、見るからに胡散臭い。芝居《しばい》下手だな、露骨《ろこつ》に顔を逸《そ》らしてこめかみから汗《あせ》が流れ落ちているし。そうです、って言っているようなもんだろ。

「ラッミスちゃん。そいつグゴイルだぜ、手癖《てくせ》が悪いことで有名な」

荷台から顔を出した髭《ひげ》もじゃのオッサンが教えてくれた。あ、この人、前に部下らしき人たちの前で自動販売機の使い方を説明していた人か。心のメモ帳好《よ》い人リストにメモっておこう。

「ふうううん。じゃあ、容赦《ようしゃ》は必要ないよね？」

指の関節をぽきぽき鳴らして、見下ろすラッミスは笑顔を浮《う》かべているというのに、何《な》故《ぜ》か迫力があった。

結局、あの男は荒縄《あらなわ》でぐるぐる巻きにされて、怪我《けが》人と一緒《いっしょ》に荷台へ放《ほう》り込まれている。今までもハンターの金を盗んだ前科があるらしく、周りの人もラッミスの味方をしてくれたので、あっさりと解決したな。

あれからは、まったりと時が流れている。拠点に向かった連中は今頃《いまごろ》戦っている最中《さなか》なのだろうか。王蛙人魔《おうかわずじんま》がどの程度の強さかがわからないので、心配する材料すらない。こういう時、会話が出来るなら情報を集めることも可能なんだが、聞き役専門だからどうしようもない。

「想像以上に敵も多かったが、その分、臨時の報酬《ほうしゅう》が期待できそうだ」
「早く集落に戻《もど》って一杯《いっぱい》やりたいぜ」
居残り組は完全に戦勝ムードだな。誰もかれもが寛《くつろ》いでいる。荷台の怪我人が九名。護衛が六名。戦いってのは何があるかわからないから、油断しすぎな気もするが、戦闘《せんとう》もできない俺にどうこう言う資格はないし、そもそも言えない。

集落に戻ったら新商品で酒を追加すると儲《もう》かりそうだな。酎《ちゅう》ハイ、日本酒、カクテルもあるが、どれがこの世界の人に受けるのか。

そういや、炭酸飲料を提供したら飲めるのかね。子供が初めて炭酸を飲んだら喉《のど》が痛くてイヤだって言う子もいるしな。まあ、それでも慣れたら平気みたいだから、置いてみるのもありかもしれない。

以前一度、ラッミスに試《ため》してもらったことがあるのだが、プルトップの開け方がよくわからなくて、あれこれ弄り回している内に中身が振られてしまい、開けた途端《とたん》に中身が飛び出し、炭酸塗《まみ》れにしてしまったことがある。

あれ以来、ラッミスは炭酸飲料に怯《おび》えてしまったので、商品として並ぶことがなかった。彼女以外にだったら解禁しても大丈夫《だいじょうぶ》だろう。それも炭酸控《ひか》えめなら。

「ハッコン、無事終わりそうだねー。帰ったら体綺麗《きれい》にしてあげるから、もう少し辛抱《しんぼう》してね」

「いらっしゃいませ」

それは楽しみだ。感覚がある訳じゃないのだが、濡《ぬ》れた布で全身拭《ふ》いてもらうのは結構好きだったりする。体も気分もさっぱりしたような感じが心地《ここち》いい。

戦いに参加すると聞いたときは心配だったが、ハンター側には死者も出ずに無事帰還《きかん》できそうだ。俺も気分がいいから、祝いも兼《か》ねて集落に着いたら割引セールでもしようか。

「や、やべえぞ。おい、みんな、ここから撤退《てったい》しろ！　でけえのがこっちに向かって来ていやがる！」

荷台にいた胸元《むなもと》に包帯を巻いた男が、遠くを指差し叫《さけ》んでいる。

その切羽詰《せっぱつま》った感じに促《うなが》され、そちらを見ると――炎《ほのお》に包まれている巨大《きょだい》な蛙《かえる》が飛び跳《は》ねてきているのが見えた。

王蛙人魔

「おいおい！　何で王蛙人魔がこっちきてんだ！　討伐《とうばつ》に行った奴《やつ》らは何してやがる！」

怒鳴《どな》り散らすハンターを無視して、巨大カエルを凝視《ぎょうし》する。

少し後方から何人ものハンターが追いかけているな。あの大きさから割り出すと、王様蛙は体長３メートルぐらいか。マンションの二階ぐらいまで届きそうだ。

カエル人間と違い、あれはほぼカエルだ。二足歩行もしていないし、手足もカエルのままだ。ただ、体に土色の鎧《よろい》のようなものを装着しているので、ただのカエルって事はなさそうだが。

まあ、それよりも何よりも、体が炎に包まれているのはどういう仕組みなんだ。あれってハンターの誰《だれ》かが燃やしたのかと思っていたのだが、平然としているところを見ると、自力で燃えているのか？

「くそっ、憤怒《ふんぬ》状態じゃねえか。あれじゃ、近づけねえぞ！」

あ、やっぱりカエルが自分でやっているのか、あの炎。加護のようなものなのだと予想はつくが、俺の結界にしろ何でもありだな加護の力。

跳ねる度《たび》に、機械の体が揺《ゆ》れるのを感じる。3メートル程度の大きさだというのにかなり重いのか。そういやカエルの体って筋肉質で摑むとかなり硬《かた》いって聞いたことがある。

と、冷静に考察してみたが……ヤバくないこれ？

「撤退しろ！　全員、撤退だーっ！」

「逃《に》げろおおおぉ！　荷物なんて置いていけ！」

全員が一斉《いっせい》に撤退を始めている。ここで慌《あわ》てふためき混乱状態に陥《おちい》るかと思っていたら、皆手際《みんなてぎわ》良いな。数秒で既《すで》に逃げ出しているハンターが大半だ。

「え、あ、え？」

ラッミスはどうしていいかわからずに、キョロキョロと辺りを見回しているだけだ。咄《とっ》嗟《さ》の判断とか苦手だろうとは思っていたけど、〈温かい〉のボタンを連打しても何にもならないから！　落ち着け、落ち着きなさい！

「ざんねん　ざんねん」

「はっ、そ、そうよね落ち着かないと。ハッコンうちらも逃げよう！」

やっと正気になってくれたか。俺を背負って逃げ出そうとしたところで、ラッミスの動きが停止した。急《せ》かそうと思ったが、彼女が見ている方向を確認《かくにん》して納得《なっとく》がいった。

「くそぉ、ウナススが動きやがらねえ！　あれに、びびってやがるのか。動け、動いてくれ！」

角の生えた猪《いのしし》がウナススと呼ばれているのは知っているが、あの巨大な蛙を目撃《もくげき》して硬直してしまったのか。蛇《へび》に睨《にら》まれた蛙というのは聞いたことがあるが、蛙に睨まれたウナスス状態なんて皮肉でしかない。

怪我人が乗った荷車が動かなければ、彼らは自力で歩くしかない。傷は塞《ふさ》がっているが血と体力を消耗《しょうもう》している彼らが、走って逃げられる可能性は皆無《かいむ》だろう。

ラッミスが助かる為《ため》には迷う必要なんてない。ここで一番大切なのは自分の命だ。彼らを見捨てることになるが、非常事態で他者を見捨てることは罪じゃない。だから――

「助けないとっ！　ウナススが動けないなら、うちが引くよ！」

そう言うと思ったよ。そんなラッミスだから俺も助けられたんだしな。いざとなったら俺が全力で〈結界〉を張るから、好きにすればいい。何があっても彼女だけは救ってみせる。

荷猪車《にちょしゃ》に駆《か》け寄ると、怯えているウナススの背を優《やさ》しく撫《な》でて、その拘束《こうそく》を外した。そこで、我を取り戻したようで凄《すさ》まじい勢いで走り去った。

「な、なんで、逃がしやがった！　俺たちに死ねとい――」

「言いません！　私が代わりに引きます」

怪我人の言葉を遮《さえぎ》り、ラッミスが叫ぶと荷車の持ち手を両手で握《にぎ》りしめる。そして、歯を食いしばり一歩踏《ふ》み出した。

本来なら大人が九人も乗った荷車を少女が一人で引けるわけがない。だが、彼女には自《じ》動販売機《どうはんばいき》である俺を楽々と背負える怪力《かいりき》がある。それを知っている俺にとって驚《おどろ》く結果ではない。だけど……。

「ふぬうううう」

その歩みは遅《おそ》い。地面はぬかるみで足を取られ車輪が重いことだろう。それを遅いながらも動かせるだけで圧巻なのだが、この状況《じょうきょう》では何の意味も持たない。

背後から迫《せま》る王様蛙がかなり近くまできている。このままだと、あれに踏みつぶされるか巨大な口に呑《の》み込まれるのは時間の問題だ。あと焼死もあるか。

俺が話せるなら背負っている自動販売機を降ろせと言えるのだが……もし言えたとしても彼女なら拒否《きょひ》をするだろう。

どうする、どうしたらいい？　結界で相手の攻撃《こうげき》を耐《た》えてみせるしかないのか。ラッミスだけなら救えるかもしれないが、怪我人は助けられない。

腕の立つ面々が仕留めきれないでいるあれを、怪我人だけで倒《たお》すのは不可能。護衛で残っていたハンターは真っ先に逃げている。

だとしたら、何とか足止めをする方法はないのか。

相手を驚かすか邪魔《じゃま》することが出来ればそれでいい。時間を稼《かせ》げば後方から追ってきて

いるハンターたちが何とかしてくれる筈《はず》だ。何か、時間稼ぎか邪魔を出来るような商品が何かないのか⁉

ざっと、商品に目を通すが、徐々《じょじょ》に大きくなる揺れと怪我人の悲鳴が、焦《あせ》りを誘発《ゆうはつ》してくれる。ああ、くそ、何か、何かっ！

俺が今まで購入《こうにゅう》したことのある商品のラインナップに、有益な品は……ちょっと待て、あ、これとこれを使えば時間稼ぎぐらいは！

ポイントは幾《いく》つある？　６０００を超《こ》えているなら足りる！

先《ま》ずは機能追加と変更《へんこう》だ。今まではペットボトル５００ミリリットルが最大の大きさだったが、ポイントを１０００消費して2リットルのペットボトルも置けるようにする。

そして、新商品の購入。炭酸飲料であるコーラ2リットルをずらっと並べる。それも最近は見かけなくなった名前にダイエットと付いた方だ。他の商品は今、必要ない。

商品を変更しただけでは背負っているラッミスが気づかないから、取りあえず一本落とす！

「うあっ、何今の音⁉　追いつかれた？」

「違《ちが》うぞ、ラッミスちゃん。その背負っている、ハッコンだったか。その姿がちょっと変わって何かが勝手に落ちてきたみたいだぞ」

ナイスアシストだ髭面《ひげづら》の人。それで気づいてくれ、ラッミス。

「ど、どういうこと、この状況で商品を落として。もしかして、ハッコン何か意味があるのこれに？」

「いらっしゃいませ」

「何か策があるんだよね。信じるよ！」

ラッミスは荷車から手を離《はな》し、迷うことなく俺を地面に降ろし、2リットルのペットボトルを取り出してくれた。

「えっ、この泡《あわ》がぷくぷくなっているのって……あの変なジュース？」

あの時の事を思い出したようで、しかめっ面になっているが理解してくれているならよし。この調子で大盤振《おおばんぶ》る舞《ま》いといくか。

次々とコーラを取り出し口に落とす。ラッミスがそれを抜《ぬ》き出しては荷台の上に置いていくという流れ作業となっている。

そういや、地鳴りがしなくなったな。何か進展があったのか？

ちらっと、王様蛙に目を向けると、何とか追いついたハンターの面々が攻撃を仕掛《しか》けている。だが、劣勢《れっせい》のようであの炎を前に攻《せ》めあぐねているように見える。

このままだと、どちらにしても近いうちにここに到達《とうたつ》するのは確実。だったら、俺たちが何かしなければならないという現状は変わらない。

更《さら》に機能追加購入して、フォルムチェンジだ！

体が光に包まれ、今までとは違う急激な変化が始まった。四角形の体から角が無くなり、円柱のような形になった。

下半身はカラフルな彩《いろど》りとなり、丸い模様が至る所に描《えが》かれている。そこから上は透明《とうめい》なボディーとなり中身が透《す》けて見え、中には新たに購入した棒状の包み紙に覆《おお》われたお菓《か》子《し》が満載《まんさい》されている。

そのお菓子というのは碁石に似た形状をしているキャンディーが幾つも入った物だ。普《ふ》通《つう》に食べたら美味《おい》しいキャンディーなのだが。

「えっ、えっ、ハッコンが丸くなった！」

それだと性格がきつかったみたいに勘違《かんちが》いされそうだな。って、そんなことを考えている余裕《よゆう》はなかった。このキャンディーも無料でご奉仕《ほうし》しよう。

「えっ、えっ、これも受け取ればいいいんだよね」

「いらっしゃいませ」

取り出し口から溢《あふ》れ出すそれをラッミスが拾ってくれている。ここまではいい、問題はここからだ。どうやって彼女に――理解してもらうか。

どうやったら伝えられる？　出来うる範囲《はんい》でやってみるしかないか。

「こうかをとうにゅうしてください。こうかをとうにゅうしてください。こうかをとうにゅうしてください」

「えっ、商品いっぱい出ているのに、硬貨《こうか》を投入するの？」

「ざんねん。こうかをとうにゅうしてください。こうかをとうにゅうしてください」

「ど、どういう」

これじゃ説明不足にも程《ほど》があるよな。でも、これ以外は俺にどうしようもないんだ。無茶だとはわかっている。だけど、どうにか……。

「ラッミスちゃんよ、そいつ壊《こわ》れたんじゃ」

「そんなことない！　ハッコンは必死になって、うちに何か伝えようとしている！」

今、泣きそうになった。俺の事を信じて、何とか読み取ろうとしてくれている。これがもし伝わらなくても、俺には後悔《こうかい》はない。ここまで信じてくれたラッミスがいてくれたら、もう、それでいい。

「この炭酸飲料。お菓子。硬貨を投入。でもそれは違う……この飲み物は前に、噴《ふ》き出したやつだよね。ええと、ってことはあの時のように……でも、このお菓子は。お金を入れないで出たのに、硬貨を投入して、じゃなくて……」

あと一歩、あと一歩なんだ。頼《たの》む気づいてくれ。

「どうでもいいけどよっ！　俺の縄《なわ》を解きやがれ！　お前らと心中するつもりはねえぞ！」

あの煩《うるさ》いのは荒縄《あらなわ》でぐるぐる巻きにした小悪党か。存在を忘れていたよ。

「てめえ、うっさいぞ！　口に何か放《ほう》り込んで黙《だま》らせておけ！」

「お、おう。じゃあ、これでも入れればいいか」

あ、髭面のオッサンに怒鳴《どな》られて、怪我《けが》人の一人があのキャンディーを包み紙ごと口に放り込んだ。

「なんふぁこのひゃみはっ！　がっぺっ、紙の棒なんか突《つ》っ込みやがって。まだ口に残ってやが、あれ、ナンダコレ、うめえええっ！　あ、でも喉《のど》が渇《かわ》くな。誰《だれ》か、水くれよ、水、水！」

吐《は》き出す時に包装紙が破れて中身が口内に零《こぼ》れ落ちたのか。こっちは切羽詰《せっぱつま》っているのに、呑気《のんき》に味わいやがって。

「だああ、うっせえな。これでも飲ませておけ！」

オッサンがコーラを投げ渡《わた》して、受け取った男が蓋《ふた》を開けて小悪党に飲ませた……あっ。

「ぶふぁるふぁあああああ」

小悪党の口から噴水《ふんすい》が上がった。それを見たラッミスは――全てを理解してくれた。

「これの中に硬貨じゃなくて、このお菓子を投入……入れたらいいんだね！」

「いらっしゃいませ」

正解だよ、ラッミス。包装紙を引き裂《さ》き、中のキャンディーを一気にコーラの中に放り込んだ。凄まじい勢いで中身が噴き出し、ハンターたちがびしょ濡《ぬ》れになっている。

「な、なんだ。爆発《ばくはつ》しやがったぞ」

「何この甘ったるい臭《にお》い……あ、目が痛い」

そう、これこそが動画投稿《とうこう》サイトで一躍《いちやく》有名になった現象だ。コーラに特定のキャンディーを入れると一気に中身が間欠泉の様に噴き出される。実は塩やラムネでも可能だったりするが、これが一番勢いがある。あと、コーラもこの種類の物が最も反応する。噴き上がる高さは4、5メートルに到達……と経験者が語っておく。

やるべきことを理解したラッミスが怪我人全員にコーラとキャンディーを配り、軽く説明をしてくれている。行き渡ったのを確認《かくにん》した。さあ、駄目《だめ》で元々、ぶっかけるとするか。

一難去って

Reborn as a Vending Machine, I Now Wander the Dungeon.

激しい戦いを繰《く》り広げながら戦場がじわりじわりとこっちに迫っている。王様蛙《がえる》は弱って動けないハンターたちを先に食う気なのか。肉食獣《にくしょくじゅう》は群れの中でも弱い者を獲物《えもの》にするって言うからな。

結構距離《きょり》があるというのに熱気がここまで伝わってきているようで、ラッミスとハンターたちがしかめ面になっている。

戦闘《せんとう》中のハンターたちがこちらの存在に気づいたようだが、俺たちに何か言うよりも先に王様蛙がこっちに向かってきた。

どうせ逃《に》げられない。だとしたら無駄《むだ》だとしても足掻《あが》かないと損だろ！

「みんな、構えて！」

「おうさっ！」

全員が荷台の縁《ふち》に並び、コーラの中にキャンディーを放り込み指で栓《せん》をする。そして、泡がペットボトル内に充満《じゅうまん》したところで――

「目を狙《ねら》って放出！」

ペットボトルの口から勢いよく飛び出した黒い飛沫《しぶき》が、接近してきた王様蛙の目玉に向かっていく。炎《ほのお》に触《ふ》れて一気に蒸発するが、まだまだ在庫はある。

王様蛙は鬱陶《うっとう》しそうにこちらへ攻撃《こうげき》を加えようとするが、火の勢いが弱まったことで他のハンターが攻勢《こうせい》に転じている。そこで更に嫌《いや》がらせの二発目が飛ぶ。

何とか団の副団長であるフィルミナさんも便乗して水を放出してくれたおかげで、こちらのコーラスプラッシュが相手の目に届いた。

「グゲグゲゴオオォォ！」

あ、激しく瞬《まばた》きをしている。コーラって目に入ると痛いんだよな。わかるわかる。

暴れている王様蛙の隙《すき》をハンターたちが見逃《みのが》すわけもなく、一斉《いっせい》に攻撃を加えはじめた。

さて、やるべき嫌がらせはやったし、後は任せてもいいだろう。今の内に撤退《てったい》だっ！

「逃げるよーっ！」

荷車を引いて全力で逃げるラッミスの背で揺《ゆ》られながら、遠ざかる王様蛙に別れの言葉を手向《たむ》けることにした。

「またのごりようをおまちしています」

◆

視界を奪《うば》われたことで、すぐに王様蛙は倒《たお》されたのだが、今更《いまさら》だがふと思ったことがある。

遠距離《えんきょり》からラッミスの怪力《かいりき》で次々とコーラというか飲料を投げつけたら済んだ話じゃ……。あ、でも、不器用そうだし投げて当たらない確率は高いよな。それに、それを伝える術《すべ》もなかったし。と、言い訳をしておこう。何でもそうだが冷静さを失うと人は突飛《とっぴ》な発想になるようだ。

結果論で言えば、上手《うま》くいったのだから文句はないのだが、もっとやりようがあったよな。うん、反省しよう。

「上手くいって良かったねー、ハッコン」

「お前のおかげだぜ、ハッコン」

称賛《しょうさん》してくれるのは嬉《うれ》しいが、どうにも複雑な心境だ。これが何でも出せる仕様なら、それこそガスボンベでも取り出して投げてもらえれば、大爆発で倒せたかもしれないが、俺が今までに自動販売機《じどうはんばいき》で購入《こうにゅう》したものという縛《しば》りがあるからな。

カセットボンベやスプレータイプの整髪料《せいはつ》もそうだが、ガスが入っている商品は衝撃《しょうげき》と温度に弱いらしく、実際はどこかにあるのかもしれないが、俺は自動販売機で一度も見たことが無い。

他《ほか》の策も今のところ思いつかないし、結局はこれしかなかったのか。うーん、もう少し自分の機能を知っておかないと駄目だな。

あとまあ、反省点と言うか何と言うか……ポイントの消費量がっ。2リットル対応と棒状キャンディー販売機モードの二つで2000。そしてコーラとキャンディー購入で合計40ポイント。2040ポイントを使ったことになる。

それで何とかなったのだから良しとしておこう。

「無茶をするでない。胆《きも》が冷えたぞ」

「ごめんなさい、会長」

こちらに歩み寄って苦言を呈《てい》する熊《くま》会長に、深々と頭を下げているラッミス。音声を切ったら、食べないでと熊に懇願《こんがん》する少女のようだ。

「だが、助力感謝する。こちらの失態でお主らを危険に晒《さら》してしまった。この通りだ」

「そ、そんな、こっちこそ無茶をしちゃってごめんなさい」

熊と少女がぺこぺこと頭を下げあっている。シュールだが微笑《ほほえ》ましい光景だ。

負傷者は出てしまったが、再起不能までの重傷者はいないようで、熊会長が胸を撫《な》で下ろしていたのが印象的だった。

「皆《みな》、ご苦労だった。休憩《きゅうけい》を取った後に、帰路に就《つ》こう。だが、集落に戻《もど》るまでが遠征《えんせい》だ。油断はせんように」

熊会長の話が今回の戦いを締《し》める言葉となった。

◆

戦闘後から今まで特記するようなイベントもなく、夜は疲《つか》れ切っていて料理を作る気力もなかったようで、自動販売機の売り上げが過去最高金額を叩《たた》きだしたことぐらいだろう。

あ、そうそう。あと、妙《みょう》にコーラが流行《はや》っている。被《かぶ》った人があの味に興味を持ったという理由と、自分たちを助けてくれた飲料に感謝の意味を込《こ》めて飲んでくれたようだ。

ちなみに、入れたら噴《ふ》き出すあのキャンディーは暫《しばら》く封印《ふういん》することになる。あれは自動販売機の形から変えないといけないので、他の商品を置けなくなる。

あれから森で一晩明かし、次の日の昼過ぎに全員揃《そろ》って集落にたどり着いた。

やっと疲れた体を思う存分休められると、安心しきっていた俺たちを迎《むか》えたのは――至る所から煙《けむり》を上げている集落。おいおいおいっ！

木製の杭《くい》を打ち込んだだけの壁《かべ》の一部分が倒壊《とうかい》している。木製の門も破壊《はかい》されているが……門番のカリオスとゴルスはどこだっ！　無事でいてくれ。

「ど、どういうことだ！　皆、疲れているところ悪いが、もう一踏《ひとふ》ん張りしてもらわねばならぬようだ」

まだ体力が回復していない荷台にいるハンターを残し、大半の者が集落へと駆《か》けて行く。自力で動けないこの身が恨《うら》めしい。俺も彼らに追随《ついずい》して集落に飛び込み、門番と宿屋の女将《おかみ》とムナミ、そして常連の客たちが無事か今すぐにでも確かめに行きたい。

だが、俺は自力で動けない。走るどころか歩くことすら……。

「み、みんなは、ムナミ、女将さん……」

今にも泣きだしそうなラッミスの声を聞いて我に返った。俺が落ち込んで動揺《どうよう》してどうする。ラッミスは俺なんかとは比べ物にならないぐらい、長い付き合いをしてきたんだ。友達と言ってくれた彼女の為《ため》にすることがあるだろ！

「い　こう　　かをとうにゅうしてください」

「えっ、ハッコン？」

「ありがと　　うごこう　　かをとうにゅうしてください」

ずっと考えていた、どうやれば意思の疎通《そつう》が可能かを。話せる言葉は限られている、だがそれを組み合わせれば、会話ができるのではないかと。

話せる言葉は「いらっしゃいませ」「ありがとうございました」「またのごりようをおまちしています」「あたりがでたらもういっぽん」「ざんねん」「おおあたり」「こうかをとう

にゅうしてください」これだけだ。

そして、そこから好きな言葉を抜《ぬ》き出すことはできないが、初めの言葉を話した後に次の言葉を被《かぶ》せることで、違《ちが》う言葉を生み出せないか。何度も頭で文章を組み立て、深夜の人気のない時間に何度も繰り返し、俺は被せて言葉を消すことと、発音の速度を変更《へんこう》することが可能になった。

一回目は初めに「いらっしゃいませ」の「い」を発音した後に「こうかをとうにゅうしてください」を被せて後半を遅《おく》らせただけだ。二回目は後半を区切って「うごこう」と言葉にしたが、伝わっているのだろうか。

「そうだね。動かないとどうしようもないよね！　行くよ、ハッコン」

「いこうか　　　をとうにゅうしてください」

片言でもどかしいが、会話が成立した喜びはぐっと抑《おさ》え込む。いつか、言葉を途中《とちゅう》からでも抜き出せる様になれば、一文字ずつの組み合わせで話せる日が来るかもしれない。日々鍛錬《たんれん》あるのみだな。

彼女と共に集落の中に入ると、テントや数少ない建造物が無残にも破壊されていた。これは何かに襲撃《しゅうげき》されたって事だよな。足元に視線を落とすと、地面には巨大《きょだい》な溝《みぞ》がそこら中にあった。

これって、何か巨大な綱《つな》でも擦《こす》りつけたかのような……倒壊している建物もよく見ると、外から内に向けて握《にぎ》りつぶされたような、跡《あと》が残っている。つまり、これをやったのは——。

「宿屋、宿屋はどうなっているの！」

自動販売機を背負っているのが信じられない速度でラッミスが駆けている。気持ちはわかるが、これをやった何かがまだいる可能性もある。

これは言葉の組み合わせで忠告するのは無理か。さっきの方法で話すには予《あらかじ》め使えそうな言葉を覚えておく必要がある。この状況《じょうきょう》で咄嗟《とっさ》に思いつくのは難しい。

忠告できないなら、俺が彼女の代わりに気を配るしかないか。

テントは九割方破壊されている。宿屋に向かうまでの道に人の姿を一人も見かけていないのが気になる。殺されていたとしても死体が転がっている筈《はず》なのだが、それすらもない。どういうことだ。全員が避難《ひなん》しているのであれば、それが一番だが。

「あ、あった！　そ、そんな……酷《ひど》いっ！　女将さん！　ムナミ！」

悲愴《ひそう》な声を上げ叫《さけ》ぶラッミスの見たものは、倒壊寸前の宿屋だった。二階建ての木造建築だった宿屋は見る影《かげ》もなく、屋根は吹《ふ》き飛び二階と一階の中間部分が内側に捻《ね》じられたようになっている。

扉《とびら》も歪《ゆが》んでいるので、もう扉としての機能を果たせない。他もまだ崩《くず》れていないのが不思議なぐらいで、何か衝撃を与《あた》えたら今にも崩れ落ちそうだ。

このままだと、ラッミスが飛び込んでいきかねない。どうにかして落ち着かせないと。

この状況で適した言葉を組み合わせるしかない。

「返事をして、二人とも！」

宿屋に突《つ》っ込む気か。ええい、何とかしないと！　その時、咄嗟に頭にひらめいた言葉を俺は口にした。

「あた　ま　ざんねん」

「ひ、酷いよ、ハッコン！」

あ、怒《おこ》ってらっしゃる。でも、今ので感情が切り替《か》わって少し冷静になれたようだ。大きく深呼吸を繰《く》り返している。

「ごめん、ハッコン。今この建物に触《ふ》れたら壊《こわ》れかねないもんね。それに、返事が無いって事は……どこかに避難しているかもしれないってことだし」

「いらっしゃいませ」

はい、いいえ、で答えられるときは今まで通りでいくしかない。

ラッミスがいつもの感じに戻ってくれて助かった。ざっと目を通しただけだが、宿屋とその周辺に血の跡はなかった。そう信じたいという願望が入ってないとは言えないが、無事の可能性はある筈だ。

「ええと、こういう時は、避難する場所は……あっ、ハンター協会！　そうやった、ハンター協会や！」

動揺して方言が出ているな。ハンター協会か。そういや、俺って集落の中まともに見て回ったことが無いから、どんな建物か全く知らないぞ。

一応、荒事《あらごと》を担当している屈強《くつきよう》なハンターをまとめている所だから、それなりに立派で頑丈《がんじよう》な建物のイメージはあるが。会長は熊だから、内装もしっかりしてないとすぐ壊れそうだよな。

「ほな、行くよ……じゃない、行くよ！」

「いこうか　　をとうにゅうしてください」

ああ、何かこっちの話し方の方がもやっとするな。でもまあ、今はこれで妥協《だきよう》しておこう。

宿屋は門からかなり近い場所にあったので奥の方は全然知らなかったが、へえーこっちは結構しっかりした建物が多いんだな。

宿屋と門付近はテントが多かったのだが、こっちまで来ると木造と石造りの建物の方が多い。というか大半がしっかりとした造り……だったのだろう。今は見るも無残な姿を晒している。

被害《ひがい》を受けていない建物も結構あるが、何故《なぜ》かくねくねと曲がった一本道が建造物の密集地帯に出来上がっているのだ。

何度も見た大きな綱を引きずったような跡がここにもある。太さは大人が二人寝転《ねころ》んだぐらいか。

「この壊された先に向かえばきっと生存者がいるよね！」

「いらっしゃいませ」

そう答えておいたが、この跡ってどう考えても巨大な蛇《へび》だよな。ここで連想されるのがカエル人間の存在だ。カエルの天敵として真っ先に思い浮《う》かぶのは蛇だろう。蛇に睨《にら》まれた蛙《かえる》という言葉もあるぐらいだから。

生物が大量発生する要因としては色々挙げられるだろうが、天敵がいなくなり異常に増えた野生動物の話はよく聞く。この巨大な蛇は蛙人魔《かわずじんま》の天敵で、どういう理由か今年は奴《やつ》らをあまり襲《おそ》わなかった。

もしくは冬眠《とうみん》から異様に遅《おそ》く目覚めたとか。それで腹を減らして人間の集落を襲った。

そういう流れは考えられないだろうか。

ただの憶測《おくそく》だけど、意外といい線いっている気がする。

「もうすぐ、ハンター協会だからね！」

半壊《はんかい》、全壊した建物の間をすり抜け、飛び出した先には砦《とりで》がどんと構えていた。

え、何、この難攻不落《なんこうふらく》の砦。材質が不明な黒い外壁《がいへき》は鈍《にぶ》く輝《かがや》き如何《いか》にも頑丈そうで、二階建ての二階部分にはテラスがあり、そこには備え付けの巨大な弓――バリスタがずらりと並んでいる。

全《すべ》ての窓には格子《こうし》が付けられていて、外からも中からも通すことを許さない。扉も両開きの鉄製のようで、見ているだけでわかる重量感溢《あふ》れる逸品《いっぴん》だ。

建物も学校の校舎ぐらいあり、ここなら100人ぐらいは軽く匿《かくま》えそうだ。

とまあ、冷静に分析《ぶんせき》できるのも目の前の光景を見たからなのだが。

ハンター協会とおぼしき建造物の前に、異様に長く太い物体が横たわっている。茶褐《ちゃかっ》色《しょく》のそれには鱗《うろこ》があり、先端《せんたん》には巨大な頭が二つあった。口が奥まで裂《さ》け鋭《するど》い牙《きば》が伸《の》び、鼻は細長い穴が二つ開いているだけだ。

つまり、頭が二つある巨大な蛇が体中から矢を生やして死んでいる。そして、その周りには討伐《とうばつ》隊に同行したハンターたちや、この集落に残っていたハンターと門番の二人もいた。

カリオスとゴルスは無事だったたか。はぁぁぁ、全身の力が抜けていく……って、電源落ちないだろうな。あとは、集落の住民たちの安否なんだが。

「カリオスさん、ゴルスさん！　二人とも無事だったんだね！」

恐《おそ》る恐る、巨大な蛇を突《つ》いていたカリオスにラッミスが駆《か》け寄っていく。

「おおう、ラッミスとハッコンか。お前さんたちも怪《け》我《が》がないようで良かったぜ」

「何より」

「うん、私たちは平気だよ」

「ありがとうございました」

ラッミスだけじゃなく自動販売機《じどうはんばいき》である俺のことまで気にかけてくれていたのか。嬉《うれ》しさを言葉で伝えるのは、今の俺には難しいので、今度何か二人の欲しがりそうな商品を追加しておこう。

「あ、あのね、それで、えと、二人は……」

胸元《むなもと》で手を組み合わせて祈《いの》りながら、そう問いかけるラッミスに二人は——笑顔《えがお》を返した。

「おう、心配するな。住民は全員無事だぜ。協会の中に皆《みんな》いるぞ」

「よ、よかったぁぁぁ」

ラッミスがその場に崩れ落ちている。ふぅ、俺も気が抜《ぬ》けて電源落ちそうだ。

しかし、こんな立派な建物が集落にあったのか。予想外にも程《ほど》がある。

「そういや、ラッミスはここに来てから日が浅かったな。ここの住民は魔法《まほう》の警鐘《けいしよう》が鳴らされると、一目散にここを目指すって決まっていてな。俺たちも無理だと思ったら門を閉めて即行《そつこう》でハンター協会に逃《に》げ込むことにしてんだよ」

「ここには転送陣《じん》があるからな」

成程。これ程の損害が出ているのに、全員無事なんてあり得ないと思ったのだが、そういうからくりがあったのか。迷宮《めいきゆう》の中に作られた集落だから、これぐらいの備えがあって当たり前なのかもしれない。

城壁《じようへき》が丸太を並べただけの代物《しろもの》だから甘く見ていた。何にせよ、集落の人々が無事で何よりだ。建物は壊れてしまったけど、少なくとも命は残っている。

壊れたものはまた建てればいい、なんて綺麗《きれい》ごとを言うつもりはない。家というのは財産であり、その人の日々が詰《つ》まっている思い出の宝箱なのだ。少なくとも失ったことのない人が、命があれば良いなんて口にしてはいけない。

でも、それでも、俺は生きていてくれてよかったと思う。たった数週間しかここで暮らしていないが、毎日顔を見せてくれるお客も、俺の前を通り過ぎるだけの住民も、死んで欲しくないと心から思う。一度死んだ身だからこそ……。

「まあ、色々ぶっ壊れちまったが、三年前も酷かったからな。だから、俺たちのいる門の辺りは壁も安っぽいだろ？」

三年前にも集落が被害を受けたのか。だから、あそこはテントばかりで、こっちは立派な住宅が建っている。ここの人たちは俺が思っている以上に逞《たくま》しいようだ。

「ラッミー！　おっかえり」

「ふう、今回は駄目《だめ》かと思ったわ。いやー、凄《すご》かったわね今日のは。ラッミス、怪我はないかい？」

開け放たれた鉄扉《てっぴ》から次々と人が現れる。常連である老夫婦と商人の若者もいるな。ツインテお嬢様《じょうさま》スオリも無事のようだ。黒服の面々も隣《となり》に付《つ》き添《そ》っている。

他《ほか》にも何度か見かけた面々の姿に、一連の出来事がようやく終わりを告げたのだなと、安堵《あんど》の息を吐《つ》いた。

「ありがとうございました」

そんなことを言うつもりではなかったのだが、これは間違《まちが》いとは言い切れないな。

今度こそ本当に一息つけそうだ。

「ふうう、安心したら腹が減ってきたな。ハッコン、疲《つか》れが飛ぶ変な水頼《たの》むぜ」

「俺は甘いお茶にしよう」

「私はアロワズジュースにしようかな。ラッミーも母さんもそれでいい？」

「うん、うちもそれでいいよ」

「ああ、頼むよ」

カリオスはスポーツドリンク、ゴルスはミルクティー、ムナミ、ラッミス、女将《おかみ》さんはオレンジジュースだね。あいよ、全品俺の驕《おご》りだもってけ泥棒《どろぼう》！

「あれま、ハッコンさんがいますよ、お爺《じい》さん」

「そんなにバンバン叩《たた》かんでも見えとるわ。わしはいつもの水でええか。婆《ばあ》さんは黄色いスープじゃったか」

「僕も甘いお茶いただこうかな。あ、ムナミさんもいたのですね。偶然《ぐうぜん》だなー」

ええい、朝の常連三人衆にもプレゼントだ！

「いいとこにハッコンあるじゃねえか。俺は白濁《はくだく》色のパスタ食うぞ」

「私は茶色いの載《の》っているの、食べようっかな」

「んじゃ、俺はどれにすっか」

次々と客が集まってきた。ああもう、普通《ふつう》なら大繁盛《はんじょう》と喜ぶところだけど、今日は儲《もう》け度外視だ。今夜限りの全品無料セールを開始だ、こんちくしょう！

新商品の酒もビール、カクテル、酎《ちゅう》ハイも取り揃《そろ》えているぞ。今夜はひとしきり騒《さわ》いでやるぞ、野郎《やろう》ども！

……これから前途《ぜんと》多難かもしれないが、手も足も貸すことができない俺からのせめてもの贈《おく》り物を受け取って欲しい。これぐらいしかできないけど、これからもこの集落の一員としてよろしく頼みます。

あれから生存者の確認《かくにん》と、自宅に住めなくなった人は荷物をハンター協会に運ぶ作業が終わり、飲めや歌えやの大宴会《えんかい》が始まった。

メインディッシュは双頭蛇《そうとうへび》で、みんな臆《おく》することなく煮物《にもの》や焼き物に齧《かじ》り付いていた。何というか、この世界の人はワイルドだ。日本では蛇を食べる機会がなかったが、脂《あぶら》がのっていて美味《おい》しそうだな。

商品が無料とわかると、今まで購入《こうにゅう》したことが無い人まで群がり何度補充《ほじゅう》したことやら。売れ行きは新商品の酒類がバカ売れで、次いで成型ポテトチップスとおでんをつまみとしてセットで買ってゆく人が多かった。明日《あした》は飲み過ぎの人にスポーツドリンクが売れそうだな。あとシジミの味噌汁《みそしる》も仕入れておこう。ふふふ、無料は今日の夜までだからな。明日はがっぽり稼《かせ》がせてもらいまっせぇ。

「ハッコン、飲んでるぅー」

酔《よ》っ払《ぱら》いが絡《から》んできたぞ。完全に出来上がっているラッミスが、俺に体を預けて地面に座り込んでいる。日本なら法的にアウトだろうが、この異世界の飲酒可能年齢《ねんれい》は低いようだ。他にも高校生ぐらいにしか見えないハンターたちが、平然と酒盛りしているからな。

ラッミスは顔がふやけきっていて、幸せを顔面で表現している。こんなにも幸せそうな酔っ払い、初めて見たかもしれない。

「討伐に行ってから、い――――っぱい苦労したけど。凄く充実《じゅうじつ》していたよねぇ」

「いらっしゃいませ」

うん、それは同意するよ。こんなにも激しい戦いだったというのに、死者が一人も出なかったというのは、ハンターも含《ふく》めて集落の全員が生きることに対して長《た》けていたということだ。伊達《だて》に魔物《まもの》が住む階層に住居を構えていないな。

ここの住民は普通の村人や町人と違い、皆が危険と隣《とな》り合わせで生きている。

俺が全く変わらない生身の状態で転生していたら、数日生き延びられるかどうか……自動販売機に転生させてくれたのは、本当に神の慈悲《じひ》なのかもしれない。

「でね、うちは嬉しいんやぁ。皆が生きていたことも、めっちゃ嬉しいんやけどぉー」

素《す》の口調になってきたな。瞼《まぶた》も今にも落ちそうだ。寝落ち寸前っぽいが、何とかギリギリのラインで踏《ふ》ん張っているみたいだ。無理せずに寝ていいのに。

「ここに帰ってきて、みーんなが、ハッコンに駆け寄ってきたのがごっつうぅぅ、嬉しくてなぁ。ハッコンはいつの間にか、ここに必要な存在になっていたんやなって、だから、ほんまに嬉しくて嬉しくてぅ……すぅー」

あーあ、寝落ちした。

そうか、そんなことを思っていたのかラッミスは。本当に優《やさ》しく温かい人だ。日本でこんな女性に出会っていたら、本気で好きになっていたかもしれないな。

おやすみ、ラッミス。また明日からも、よろしく。

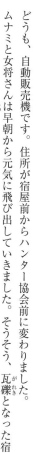

復興作業

Reborn as a Vending Machine, I Now Wander the Dungeon.

どうも、自動販売機です。住所が宿屋前からハンター協会前に変わりました。

ムナミと女将さんは早朝から元気に飛び出していきました。そうそう、瓦礫《がれき》となった宿屋は一度完全に取り壊《こわ》してから、建て直すみたいです。

宿屋は集落には必須《ひっす》らしいのでハンター協会から費用が出るらしく、今度はもっと豪華《ごうか》な宿屋建てようかと、二人で笑いあっていたのが若干《じゃっかん》恐ろしかったです。

って、この口調疲れるな、やめよう。

心機一転、俺も気持ちを引き締《し》めていこうかと思ったのだが、慣れないことはするものじゃない。

昨日は散財する羽目になったが今日からはばっちり儲けさせてもらおう。もう既《すで》に大量に商品が捌《は》けていっているからな。

朝っぱらから元酔っ払い共が亡者《もうじゃ》の様にふらふらと俺の前に現れて、次々と商品が売れていく。昨日、無料だからと初めて商品を買ってくれた大半が、リピーターになってくれたようで笑いが止まらない状態だ……計画通りっ！

ラッミスは起きてからすぐに熊《くま》会長に呼ばれて、協会の中に入っていった。今回の遠征《えんせい》で周囲の見る目が変わったのなら嬉しいところだ。

今朝からカップ麺《めん》がやたらと売れるのは、調理道具も失ってしまった人たちが購入しているのと、昨日はしゃぎすぎて料理する気も起こらない人が殆《ほとん》どっぽい。

正直な話をすると、皆が金銭的に困っているなら、カップ麺は赤字覚悟《かくご》の値段設定でいくつもりだったのだが、誰《だれ》もが家の倒壊《とうかい》を覚悟して住んでいたようで、現金の殆どをハンター協会内の倉庫に預けていたのだ。

商人たちも今日から大工と防衛護衛依頼《いらい》を狙《ねら》っているハンターが大量に乗り込んでくることを計算して、大忙《おおいそが》しで商売に励《はげ》んでいる。生命力が溢《あふ》れているぞ、ここの住民は。

「ハッコン！　うちね会長から直《じか》に依頼受けたんだ。凄いでしょ！」

「いらっしゃいませ」

えらく出世したな。でも、その依頼内容は予想がつく。

「でね、何と、瓦礫撤去《がれきてっきょ》の依頼だよ！」

ですよねー。その怪力《かいりき》を知っていたら誰だって、その依頼を思いつく。

建設機械である重機にも匹敵《ひってき》しそうな力を思う存分発揮できる現場だよな。力が余って壊しても何の問題もないから、器用さが低くても安心だ。

「まずは宿屋があったところを更地《さらち》にして欲しいんだって。新しい宿屋を即行《そっこう》で建てたいからって言ってたよ」

大量に人が押し寄せてくるなら、まずは宿だよな。簡易のテントをハンター協会前に大量に設置していたけど、ちゃんとした宿屋でゆったり体を休めたいと誰もが思うだろう。

ってことはつまり、また定位置に戻《もど》るのか俺は。

ラッミスに運ばれて元宿屋前に到着《とうちゃく》すると、女将さんとムナミさんは既に撤去《てっきょ》作業を開始していた。二人とも宿屋の制服なのだが、スカートの下には作業ズボンをはいているようだ。だったら、スカート止《や》めたらいいのにと思うが、たぶん彼女たちのポリシーなのだろう。

「ムナミィィ、女将さあああん。手伝いに来たよー」

「ラッミー来てくれたんだ。これで百人力ね。ハッコンも一緒《いっしょ》なのね、おはようー」

「いらっしゃいませ」

音声に「おはようございます」と「こんばんは」が切実に欲しい。みんなは慣れているから、普通に挨拶《あいさつ》だと受け取ってもらえているけど。

「ええと瓦礫はそこの荷台に載せて、門の先まで持って行けばいいらしいよ。そこで、燃える物と燃えない物に分けてくれる人がいるそうだから」

「あ、そうなんだ。じゃあ、溜《た》まったら、うちが運ぶよ。ハッコンはここで、みんなに飲み物とか売ってあげてね」

「いらっしゃいませ」

いつもの場所に置かれると、何故《なぜ》かほっとしてしまう。

おっ、次々と人がやってきたな。見た感じでは若い人ばかりで、何人かは討伐《とうばつ》に同行していた見知った顔だ。ハンターの若手は瓦礫の除去に回っているのか。

「お、ここが現場か。って、意思のある箱もいるじゃねえか。やったぜ、ついてる」

「あっ、本当だ。美味しい物をいつでも補給できるね！」

「復興作業の依頼は報酬《ほうしゅう》が良いからガンガン使えるな」

喜んでいただけてなによりだ。暫《しばら》くはスポーツドリンクが売れそうだな。目につくように多めに並べておこう。

さて、皆《みんな》の働きぶりでも眺《なが》めておこうかな。

体力勝負のハンターだけあって、助っ人の若者たちもよく働いている。女将さんとムナミも彼らに負けない働きぶりだ。宿屋の仕事は重労働って言っていたのがよくわかる。

だが、そんな彼らとは比べ物にならない活躍《かつやく》をしているのが、ラッミスだ。彼らが三人がかりで持ち上げようとしていた柱を、ひょいっと一人で持ち上げては荷台に載せていく。

大きすぎて運べない瓦礫はその拳《こぶし》と蹴《け》りで手頃《てごろ》な大きさに粉砕《ふんさい》している。それを目撃《もくげき》したハンターたちは唖然《あぜん》としているな。無理もない。可愛《かわい》らしくて小柄《こがら》な彼女が、尋常《じんじょう》ではない怪力を振《ふ》るうギャップ。驚《おどろ》かない方が、無理があるってものだ。

「いっぱいになったから捨ててくるよー。よいしょっと」

本来は角の生えた猪《いのしし》――ウナススや馬っぽい動物に運ばせる荷車なのだが、彼女の怪力なら何の問題もないので、当たり前のように一人で運んでいく。

徐々《じょじょ》に遠ざかる姿をハンターたちはぼーっと眺めている。

「凄《すご》いな、あの子。俺たちも負けてられねえぜ」

「あれは加護の力よね。にしても、凄い怪力」

「ここの復興が一段落ついたら、チームに誘《さそ》いたいところだが、あのような人材なら既に有名なチームに加入しているか」

彼らの話に耳を傾《かたむ》けていたのだが、ラッミスは高評価のようだ。この働きだけを見たら優秀《ゆうしゅう》なハンターに見えるよな。わかる、わかるぞ。でも、ハンター仲間はいないという現実。今のところ集落の住民とは仲がいいようだが、ハンター関連は会長と、あの何とか団ぐらいとしか、まともな会話をしたことが無いように思える。

以前の彼女は力を持て余して空回りしていたから、組んだ面々に足手まとい扱《あつか》いされていたらしい。こういった単純な力仕事は彼女の専売特許だ。ハンターの依頼も、こういうのをメインにしていたら評価も変わっていただろうに。

「たっだいまー！　さあ、ガンガンやるよー」

遠くから砂埃《すなぼこり》を巻き上げて近づいてきていたから、そうだろうとは思っていたが重しが無いとかなり足が速いな。でも、俺を背負った適度な重さが無い体が軽すぎて、思うように動けないという困った体質。

前に零《こぼ》していたのだけど、ある程度重しが無いとただ走るだけで、飛び跳《は》ねるような感じになるので動いていて気持ち悪いらしい。腕《うで》の手袋《てぶくろ》も鉄板が仕込《しこ》んであって、重さを調整しているそうだ。日頃《ひごろ》から力を制御《せいぎょ》しながら動いていたので、思ったように体を動かせずに失敗ばかりしていて、周囲から落ちこぼれ扱いされていた。それが彼女に対する反応の理由だったりする。

凄腕《すごうで》のハンターに師事していたこともあったそうだが、旅の途中《とちゅう》だったので二ヶ月程度で、ずっと水を満載《まんさい》した瓶《びん》を背負わされていたと、懐《なつ》かしそうに語っていたな。

「おっ、やってるやってる。ラッミスちゃん、ハッコン元気してるかー」

汗水垂《あせみず》らして働いているところにやってきたのは、寝《ね》ぼけ眼《まなこ》で大欠伸《おおあくび》をしている無精ひげこと、ケリオイル団長だった。

あの西部劇に出てきそうなテンガロンハットはお気に入りなのだろうか、野営している時も被《かぶ》ったままだったな。腕は確かだが時折こっちを見る視線に怪《あや》しいものを感じていたので、正直なところ全く信用できないオッサンというイメージがぬぐえない。

「お、おい、あの人、愚者《ぐしゃ》の奇行《きこう》団の団長じゃねえか？」

「あのハンターチームの中でトップクラスの」

「後で握手《あくしゅ》してもらえるかな」

仕事をしていた若手ハンターたちが手を止め、色めきだっている。

何だと。ケリオイル団長って有名人なのか。腕利《うでき》きだったし、団員からも慕《した》われていたようだけど、まさかの人気者設定。愚者の奇行団という怪しげなネーミングセンスの団も、ハンター界隈《かいわい》では知れ渡《わた》っているのか。

「おー、諸君頑張《がんば》ってるねー。働く若者におじさんから賄賂《わいろ》を渡しておこう。ハッコンから好きな物を選んでくれ、驕《おご》るぜ。もちろん、そこの淑女《しゅくじょ》の皆様《みなさま》もどうぞ」

うわぁ、生でこんな気障《きざ》な台詞《せりふ》を言う人初めて見たよ。本気か芝居《しばい》でやっているのか判断がつかないが、どっちにしろ、この人は苦手だ。

若手ハンターたちは騒《さわ》いでいるが、ラッミスとムナミと女将《おかみ》さんは変わりないな。平然と構えている。

「おごってくれるんだ。じゃあ、うちは……これとこれ」

「ラッミー、こういう時は一番高いのから順に買うものよ」

「それじゃあ、私はおつまみ用に、煮物《にもの》が入っているのを百個程《ほど》もらおうかね」

よ、容赦《ようしゃ》ないな二人とも。宿屋を経営していたから、こういう輩《やから》の対処方法は慣れているのだろう。

「そ、それはちょっと。一人二品まででお願いできませんかね」

お金が入った袋《ふくろ》を覗《のぞ》き込んだケリオイル団長の頬《ほお》が引きつっている。いいぞ、もっとやって。一見、押しに弱い軽い人間に見えるが……眠《ねむ》たそうで締まりのない顔も、帽子《ぼうし》のつばからのぞく目の鋭《するど》さを見ていると、その感想は吹《ふ》き飛ぶ。

「ラッミスちゃんは、うちの団に入る気はねえか？　もちろん、ハッコンも一緒にな」

まるで食事にでも誘うようなノリで、ラッミスの肩《かた》を抱《だ》きとんでもないことを口走った。

回りくどいことをせずに、直接勧誘《かんゆう》に来たか。ラッミスはどう返答するつもりなんだ。

周りのハンターの羨《うらや》む顔を見る限り、この愚者の奇行団だったか、ここに誘われるなんてかなり光栄なことなのだろう。

「え、嫌《いや》です」

ラッミスは即答《そくとう》すると、肩に置かれた手を払《はら》う。よくやった、感動した。

まさか断られると思ってもいなかったのか、目と口を限界いっぱいまで開いている。あ、トレードマークの帽子がずれているぞ。

「そ、そうか。ま、まあ、考えておいてくれ。気が変わるのを期待しているぜ。っと、ハッコンで水でも購入《こうにゅう》するか。昨日の二日酔《よ》いが酷《ひど》くてな……」

「いらっ　　　しゃいませ」

あ、帽子が今にもずり落ちそうだ。

金貨と銀貨

Reborn as a Vending Machine, I Now Wander the Dungeon.

ケリオイル団長がとぼとぼと哀愁《あいしゅう》を漂《ただよ》わせて帰っていった。

俺としては断って正解だと思っている。有名な一団だとしても、そこに加入するということは荒事《あらごと》が増えるということだ。一人でハンターをやっていても危険が隣《とな》り合わせだとは理解している。だけど、今の彼女は強豪《きょうごう》の中で、もまれるよりも、ここでじっくりと腰《こし》を据《す》えて実力を伸《の》ばすべきだと、勝手ながらにそう思う。

でだ、これは俺の意見であって、肝心《かんじん》のラッミスが何故断ったのか。それが不思議でならない。

「おいおい。あんた、何で愚者の奇行団の誘い断ったんだよ！」

お、短髪《たんぱつ》のハンター、ナイスなツッコミだ。それ、それが知りたかった。

「んー、だって、この集落って復興中だし。人手が足りなくなったら、困るでしょ？」

ハンターたちの開いた口が塞《ふさ》がらない。あー、ラッミス……別に今すぐって意味じゃないと思うぞ。言えば復興が終わるまでは待ってくれるだろうに。

「じゃあ、みんな続き頑張ろうね！」

彼女以外の人がため息を吐《つ》くと、作業に戻っていった。状況《じょうきょう》が理解できず、首を傾《かし》げていたラッミスも瓦礫《がれき》の撤去に戻っていく。

それからは特に面白《おもしろ》いイベントもなく、昼になった。宿屋復興部隊にカップ麺《めん》とおでんを売り捌《さば》き、ラッミスに背負われて今度はハンター協会前に移動する。

到着を待ち構えていた人々に次々と商品が売れてゆく。この調子だったら昨日のマイナス分は直《す》ぐに取り返せそうだ。

お客は購入経験がある人が大半だったが、一度も俺を利用したことのない人も今日は多かった。その顔に見覚えが無いということは、今日からこの清流の湖階層にやってきた人たちか。

その人たちには共通点があって、頭に布を巻いて長袖《ながそで》とポケットが多いズボンをはいている。何というか大工っぽいな。ざっと見ただけでも百人ぐらいいるぞ。ということは、集落の人口が少なくとも倍に跳ね上がっているってことだよな。

困ったなぁーまた商品が大量に捌《は》けてしまうじゃないかぁ。困ったなぁー、いやーまいったまいった……後でポイント計算をしておこう。

「よーし、ハッコン作業に戻るよー」

「いらっしゃいませ」

また宿屋前の定位置に戻り、購入に来る人たちの相手をしながら過ごしていると、俺の前にすっと立つ人がいた。

この世界って眼鏡とスーツっぽい服も存在しているのか。黒縁《くろぶち》の眼鏡をかけ、緑のワイシャツと膝《ひざ》の少し上までの丈《たけ》しかないスカートを履《は》いた女性が、じっとこっちを見ている。

日本だったら会計士とか弁護士とか似合いそうな人だ。目尻《めじり》も吊《つ》り上がり気味で、ちょっと怖《こわ》いイメージを抱《いだ》くが美人だな。

その後ろに立つ２メートルを超《こ》える大男は、この人の知り合いなのだろうか。逆三角形の筋肉の塊《かたまり》で腕が長く、顔は眉間《みけん》にしわがあり目尻が下がっていて鼻が低い。正直な第一印象は、人の好《よ》さそうなゴリラだ。

服装はスーツっぽいがぱつんぱつんで、今にも破れそうだ。背中には巨大《きょだい》なバックパックのようなものを背負っている。

「貴方《あなた》は意思のある箱で間違《まちが》いありませんか。ハッコン様と呼ばれているそうで」

唐突《とうとつ》にそんな言葉を投げかけられた。え、どう答えたらいいのか。と、取りあえず、いつもの挨拶《あいさつ》をしておこう。

「いらっしゃいませ」

「事前に調べた情報によりますと、それは、はいと受け取って宜《よろ》しいのでしょうか」

……やりにくいよこの人！　表情も全く変わらないし、威圧感《いあつかん》が半端《はんぱ》ないぞ。見られているだけで、体が硬《かた》くなる。まあ、自動販売機《じどうはんばいき》だけど。

何が目的なのだろう。真面目《まじめ》な話っぽいけど、ど、どうしようか。

「あれ、ハッコンどうしたの。ええと、どちら様？」

ラッミスが俺の後ろからひょこっと顔を出して、黒縁眼鏡の女性に物怖《ものお》じもせずに話しかけている。

「貴方はラッミスさんですね、失礼しました。わたくし、両替商《りょうがえ》のアコウイと申します。以後お見知りおきを。後ろに控《ひか》えているのは、助手のゴッガイです」

「よろしくお願いします」

冷たく澄《す》んだような声をしているアコウイと、温かみを感じさせるのんびりとした口調のゴッガイ。両極端《きょくたん》な二人だな。

しかし、両替商か。あれって、円とドルを交換《こうかん》とかしているのは現代版だよな。確か、昔だと金貨を銀貨に両替とか逆のことをする職業だったか。銀行の元とかなんとか聞いたことがある。

「この階層で銀貨が不足しているという情報を得まして、我々が出向いたのです」

誰《だれ》だ、銀貨を貯め込んでいる奴《やつ》は。まったくもって、けしからん。

「あー、ハッコンへの支払《しはら》いが銀貨ばかりだから！」

しー、ラッミスそれを言ったらダメでしょ。え、もしかして、貯め込んでばかりだと硬《こう》貨《か》の流通が滞《とどこお》るとか文句の一つも言われるのか。

そんなことを言われたとしても、ポイントに変換《へんかん》したからな。今更《いまさら》どうしようもないぞ。

「やはりそうでしたか。そこで、我々はここが好機と判断しまして、ハッコン様にご提案があるのです。我々は金貨を百枚ほど持ってきていますので、幾《いく》つか貯め込んだ銀貨と交換いたしませんか？」

あれ、商談なのか。銀貨と金貨を交換することに異論はないけど、確か金貨一枚と銀貨百枚ぐらいが同じ価値だったよな。日本円だと金貨って10万ぐらいなのかな。まあ、変動もしているだろうから、大体だけど。にしても、金貨を百枚ってかなりの大金を所持しているってことだよな。大丈夫《だいじょうぶ》なのか？

出来ることなら両替してあげたいが、どうすればいいんだ？

機能に〈両替〉とかあるのだろうか。自動販売機は普通《ふつう》、両替機能がついてないけど。

ええと、ざっと見てみたがないよな。

「ざんねん」

「それは承諾《しょうだく》しかねるということですか」

申し訳ない。してあげたいけど、やりようがないんだ。

「あ、両替は無理だとしても、金貨で商品買えばいいんじゃないの。そしたらお釣《つ》り出ないのかな？」

ラッミスの何気ない一言に、俯《うつむ》き気味だったアコウイの顔がガくんと勢いよく前を向いた。目が爛々《らんらん》と輝《かがや》いていて、初めて感情らしいものを見せてくれた。

実際、金貨を入れられたらどうなるのだろう。今まで一度も金貨を入れられたことがない。お釣りがもらえるかどうかわからない状況で、試《ため》しに金貨を入れる猛者《もさ》がいなかったからな。

「そうですか！　ゴッガイまとめ買いしますよ。金貨を」

あ、初投入か。ど、どうしよう。もし、お釣りが出ないようなら金貨そのまま返そう。おおっ、自動販売機人生初の金貨が我が体内に。銀貨一枚の商品を買われたとしたら、銀貨九十九枚出すことになる訳だが。男は度胸、物は試しだ。

今までにない全身が湧《わ》きたつような感覚に自動販売機が振動《しんどう》する。これが、金貨が体内に入り込むということなのか。って、余韻《よいん》に浸《ひた》っている場合じゃない。お釣りはどうなった。

じゃらじゃらと釣り銭《せん》受け皿に銀貨が流れていき、溢《あふ》れた銀貨が地面に零《こぼ》れ落ちている。遠巻きにこっちを見ていたハンターたちが生唾《なまつば》を呑《の》み込んでいるな。

普通にお釣りが出たか。これが出なかったら泥棒扱《どろぼうあつか》いされかねなかった。

「これでいいのですね。じゃんじゃん買いましょう」

金貨が次々と投入され、銀貨が次々と排出《はいしゅつ》されていく。ゴッガイがその巨体を折り曲げ、銀貨を残さずに拾っている。

金貨を十枚入れたところで、アコウイさんも納得《なっとく》したらしい。ほくほく顔でバックパックに詰《つ》められた銀貨を眺《なが》めている。金銭が絡《から》むと表情が変化するのか。

「これ以上はハッコン様の負担になってしまうかもしれませんので、ここまでにいたします。では、また後日、購入させてもらいますので。これからもよしなに」

スキップでも踏《ふ》み出しそうな後ろ姿だな。ゴッガイさんは硬貨と商品が大量に詰め込まれたバックパックを苦もなく運んでいる。見た目に反しない筋力のようだ。

あの人たちとは長い付き合いになるのだろうか。悪い人たちではないようだが。

「ハッコンってすっごいお金持ちだよね。お金取られないように気を付けないと」

「いらっしゃいませ」

そうだね。まあ、俺を破壊《はかい》して解体したところで、中から硬貨が出るかどうかは怪《あや》しいけど。商品だって湧き出るシステムなのだから、硬貨だって体内にあったというよりは、需要《じゅよう》に応じて現れたという感じだった。

こんな話をしている間、じっとこっちを見つめる熱い視線が幾つもあった。若手のハンターにしてみれば、今、金貨を十枚吸い込んだ俺の体は、それは魅力《みりょく》的に見えることだろう。

そういや、自動販売機は治安が悪いところには置けないので、あれ程《ほど》、日本に自動販売機があるというのは平和で治安がいい証拠《しょうこ》らしい。

暫《しばら》くは、馬鹿《ばか》なことを考えそうな人たちの警戒《けいかい》もした方が良さそうだ。

「あ、そうそう。ごめん、ハッコン！　ずっと言うのを忘れていたんだけど、ヒュールミに暫く会えそうもないんだ。手紙送ったけど、返事がなくて……たぶん、また階層内をうろついているっぽい。だから、連絡《れんらく》が取れるまではここで待機ってことで、いい？」

手を合わせてぺこぺこと頭を下げているラッミスに「いらっしゃいませ」と伝えておいた。一瞬《いっしゅん》、ヒュールミって誰って思ったが、初めて会った時に言っていた魔道具《まどうぐ》技師の友人だったか。

そういや、そんな目的があったなと他人事《ひとごと》のように思い出していた。

妙《みょう》な出会いがあった一日だったが、復興初日は特に問題なく終わりを告げようとしている。夜になり、ハンター協会前の定位置に居座り晩御飯《ばんごはん》の商品も売り終え、集落の明かりが次々と消えてゆくのをぼーっと眺めていた。

魔道具には電球代わりの物もあるようで、集落にもその灯《あか》りが点在しているのだが、やはり日本の夜と比べるとかなり暗い。魔道具はかなり高価らしく、一般《いっぱん》のご家庭で使われることはまずないようだ。基本的にはランタンやそれこそ松明《たいまつ》を設置しているテントも少なくない。

灯りの周辺だけはそれなりに明るいが、そこから少しでも離《はな》れると深く黒い闇《やみ》が佇《たたず》んでいる。

俺のいる場所も光から離れた場所にあるので、本来なら人の目に留まりにくい。だが、俺は自動販売機だ。自ら光を発しているので、いつもなら異様なまでに目立っている。

しかし、今日は灯りを消して、尚且《なおか》つ機能の塗装《とそう》変化を取得してボディーを真っ黒に塗《ぬ》りつぶしておいた。あの時のやり取りを見ていたハンターたちもそうだが、遠征《えんせい》中に金を狙《ねら》ってきた小悪党の一件もある。夜は闇と同化して、余計な揉《も》め事は避《さ》けることにした。

「あれっ、ここら辺にいつもあるよな」

「移動したんじゃないか。ほら、怪力《かいりき》女がいつも運んでいるだろ」

「くそっ、宿屋跡地《あとち》のほうに回るぞ」

噂《うわさ》をすればなんとやら。一緒《いっしょ》に仕事をした若いハンターたちではなかったが、三人組の男たちが俺を捜《さが》しているようだ。

実際、俺にちょっかいを出してきたところで〈結界〉もあるし、最大音量で音声を再生すれば、ハンター協会から何人か飛び出してきてくれるので問題はない。だけど、穏便《おんびん》に済ませられるなら、それでいいか。

大人の自動販売機

あれから一週間が過ぎた。集落は復興ムードに沸《わ》き、人とお金が大量に流入して、かなり活気づいてきている。

新たな住民の見分け方は俺を見て驚《おどろ》くかどうかだ。実にわかりやすい。

あれだけの人員を、実質この集落を取り仕切っているハンター協会はどうやって賄《まかな》っているのかと不思議だったのだが、どうやら、あの二つ頭の蛇《へび》と王蛙人魔《おうかわずじんま》から得た素材が、とんでもない金額になったらしい。

ちなみに討伐《とうばつ》隊は予《あらかじ》め多くの報酬《ほうしゅう》を約束されていた代わりに、魔物が落とした素材は全《すべ》てハンター協会が所有するという契約《けいやく》済みだそうで、ハンターたちが地団駄《じだんだ》を踏んで悔《くや》しがっていた。

最終的には、王様蛙《がえる》討伐に参加していたハンターたちは特別報酬が貰《もら》えたらしく、それからは誰も文句を口にしていない。そういえば、怪我《けが》をして逃《に》げられなかったハンターたちが「おまえのおかげだ、ありがとうよ」とお礼に商品を大量購入《こうにゅう》してくれたな。

あの二つ頭の蛇は蛇双魔《じゃそうま》と呼ばれる魔物らしく、この清流の湖階層に生息する魔物らしい。予想通りカエル人間の天敵らしく、いつもは両者が争い大量発生を免《まぬか》れていたのだが、この蛇双魔は遠出していたようで、小さなカエル人間の集落を襲《おそ》いながらその体を強化していったそうだ。

で、今から俺たちが戦っていた集落に、いっぱい増えているであろう蛙を食べに行く途《と》中《ちゅう》、人間の住む集落を見つけて、ああなったというのがハンター協会の見解らしい。

とまあ、何で俺がそんなに詳《くわ》しいかと言えば、今、ハンター協会の会長室にいるからなのだが。

「とまあ、今回の一件のあらましはこんな感じだ。ラッミスもハッコンもよくやってくれた。キミたちがいなければ、事態は悪化の一途《いっと》をたどっていた可能性も高い、感謝する」

「そ、そんな、頭を上げてください」

大きな机を挟《はさ》んでソファーから腰《こし》を浮《う》かした熊《くま》会長が頭を下げて、ラッミスがそれを止めさせようと両腕《りょううで》を激しく振《ふ》っている。動きが余りに激しいので風が巻き起こっているな。怪力恐るべし。

そして、そんな二人の脇《わき》に立つ自動販売機。これって地球の人が見たら、我が目を疑う光景だよな。

「お主らを呼んだのは、特別報酬の件と今回の全貌《ぜんぼう》を説明したかったのもあるのだが、ハッコンに一つ訊《たず》ねておきたいことがあってな」

ん？　なんだろう。改まって言われると構えてしまう。熊会長の目が真剣《しんけん》みを帯びると、
何というか動物としての生存本能が逃げろと囁《ささや》く。自動販売機《じどうはんばいき》だけど。

中身は紳士《しんし》だと知っているが、やはり巨大《きょだい》な熊が目の前にいる迫力《はくりょく》には、そう簡単には慣れそうにない。

「ハッコン、お主は相手の望む物が何でも商品として出せると聞いたのだが、本当だろうか」

それは、過剰《かじょう》評価だな。確かに相手が望みそうな物をチョイスして商品を仕入れることはあるが、俺の商品というのは『自分が購入したことのある自動販売機の商品』という制限がある。

何でも出せるなら、それこそ拳銃《けんじゅう》や武器でも並べたら、あの戦いもかなり楽になっていたことだろう。自動販売機で売られていない物は無理だし、一応、目についた商品は殆《ほとん》ど買ってきたと自負しているが、それでも世の中には俺の知らない自動販売機の商品がまだまだあるだろう。

だから、返答は「いいえ」なのだが、ある程度は出せることも伝えたい。どう答えるべきか。

「いらっしゃい　ざんねん」

「む、どういうことだ」

「たぶん、ハッコンは、できるけど、できないこともあるって言いたいんじゃないかな」

「いらっしゃいませ」

ラッミスの通訳には助けられてばかりだな。

熊会長もそれで得心がいったようで、何度も頷《うなず》いている。あ、動物園でご飯をねだる熊みたいだ、とか思ってはいけない。

「そういうことか。ならば、可能であれば一つ頼《たの》みたいことがある。あー、ラッミスは席を外してもらえるか。ハッコンと内密な話があってな」

「いいけど、ええと一階で待っていたらいいのかな」

「ああ、頼む。話が終わり次第《しだい》、使いを寄越《よこ》す」

「うん、わかった。男同士の話に口を挟んだらダメだって、母さんも言っていたし。じゃあ、下で待っているね」

「ありがとうございました」

立ち去る背に声を掛《か》けると、ラッミスが振り返り腕《うで》を大きく振って扉《とびら》を閉めた。

密室に熊と自動販売機。そっちが切り出してくれないと、話が進まないのだが。

「まずは現状を伝えておこう。現在、この集落には多くの人々が押し寄せている。元々、ここは三年前までは、もっと栄えていた集落……いや、町と呼んでいい規模だったのだよ」

人が増えているのは売り上げから見ても実感しているが、三年前に何かあったらしいという話は宿屋の女将《おかみ》さんと、カリオスも口にしていたな。

ここが町と呼んでも差支《さしつか》えのない場所だった……か。ハンター協会周辺の建物は立派だし、どう考えても百人程度の人数にしては集落が広すぎるとは思っていたが、なるほど、納得《なっとく》したよ。

「その一件で住民の多くが亡《な》くなり、生き残った人々もここから立ち去った。残ったのはハンターと、商魂逞《しょうこんたくま》しい商売人ぐらいでな。ここでは税金は一切《いっさい》かからない。それを目当てに残った彼らは、今回の一件でも物怖《ものお》じすることなく、既《すで》に損害分は取り戻《もど》したそうだ」

本当に逞しいなここの人は。一住民として頼もしい限りだ。

「そこで今回の蛇双魔に対して、死傷者を出さずに撃退《げきたい》したことが広まったことにより、防衛機能を称賛《しょうさん》する声が高まり、移住希望の人々が集まって、この盛況《せいきょう》ぶりとなったわけだ。壊《こわ》された住居の補修だけではなく、新たに民家や店舗《てんぽ》も建築する予定にしている」

これは益々儲《ますますもう》けるチャンスだ。新商品と新機能を何にするか、今から考えておかないと。

「人が増えれば、様々な問題が起こる。食料関連でもハッコンには期待しているが、それは商人も理解しているようで大量の物資が流れ込んでいるので、さほど心配していない」

ふむふむ。ハンター協会の前にも露店《ろてん》が並び始めているからな。最近、カップ麺《めん》の売れ行きが落ちてきたので、新商品を選んでいるところだった。まあ、その分、飲料が売れているので総売り上げは変わらないのだが。

やはり、日本の多種多様な飲料業界を生き抜《ぬ》いてきた猛者《もさ》たちの味、飲み心地《ごこち》、アイデアは新鮮《しんせん》らしく、異世界の飲み物に今のところは圧勝している。

「すまない、話が逸《そ》れてしまった。そろそろ、本命といこう。現在、最も頭を抱《かか》えている事案が、性風俗《せいふうぞく》関連なのだよ。我ら熊人魔は繁殖《はんしょく》期以外、そういった欲望が薄《うす》いのだが人間はそうではなくてな。人が増えたことにより需要《じゅよう》に供給が追い付かない状態なのだよ」

そっち系の話だったのか。ラッミスを引っ込ませたわけだ。

熊会長が熊人魔という種族だという情報も貴重だが、今それは置いておこう。うーん、俺は鉄の体になったから、そういった欲望からは解放されているみたいだけど、切実なのはよくわかる。

「それに衛生面の問題もあってな、病気が蔓延《まんえん》すると復興作業も滞《とどこお》ってしまう。だからといって、取り締《し》まりを強化してしまうと、別の問題が発生してしまってな。無茶な頼みだとは理解しているが、ハッコン、何か対策はないだろうか」

本当に無茶な申し出だな。う、うーん、病気対策は思い当たる節がある。ただ、この世界の事情に詳しくないので、似たような物が存在しているかどうかという疑問が。

試《ため》しに出してみて、反応を見てみようか。

これって箱形の商品だから機能追加しないといけないのか。ええと〈箱形商品対応〉でいいのか。ふむふむ、これで箱形のお菓子《かし》や煙草《たばこ》も可能になる。問題は俺が煙草を一回も吸ったことがないので、煙草の販売は諦《あきら》めるしかない。

商品も追加して、並べておこうか。

「ほう、このような感じで商品の入れ替《か》えが行われるのか。ふむ、この箱は一体。これがハッコンの秘策なのか？」

「いらっしゃいませ」

「ならば、購入してみるとしよう。三種類あるようだが、全て買っておくか。銀貨十枚となると、安くはないようだが」

日本では一箱１０００円ぐらいだから、飲料に合わせて値段設定をしたけど、高すぎる様なら変更《へんこう》も考えておこう。

「この箱を開けるのだな。切れ目の入っている小さな袋《ふくろ》なのだろうか。これを破って中身を取り出すのか」

「いらっしゃいませ」

「ふむ、間違《まちが》ってはいないようだな。これはこの手では少し扱《あつか》い難いようだ。そうだな、丁度いい、彼女を呼ぶとしよう。シャーリィ来てくれ」

熊会長の呼びかけに応じて、廊下《ろうか》側ではない壁際《かべぎわ》に設置されている片開きの扉が開き、そこから一人の女性が姿を現した。

ほう、と生身であれば息が漏《も》れていたな。

体に張りつくイブニングドレスには腰辺りまでスリットが入っていて、すらっと伸《の》びた陶磁器《とうじき》のような艶《なま》めかしい足が、歩く度《たび》に見え隠《かく》れしている。両肩《りようかた》を剝《む》き出しにして、胸元《むなもと》も大胆《だいたん》なカッティングが施《ほどこ》されているので、豊かな胸の谷間に思わず目がいってしまう。

理想的と表現しても過言ではないスタイルで、同性からも嫉妬《しっと》されそうな女性は、体型だけではなかった。その上に載《の》っている容貌《ようぼう》も負けてはいない。

艶《つや》やかな黒髪《くろかみ》を背中に流し、目はどこか眠《ねむ》たげな感じで薄く見開かれているが、薄紅色《うすべにいろ》の濡《ぬ》れた唇《くちびる》と相まって、壮絶《そうぜつ》な色気を醸《かも》し出している。

あ、この人、そっち関連の商売している方だ。そう断言できる女性としての魅力《みりよく》がある。

「あら、こちらがハッコンさんなのかしら。初めまして、シャーリィと申します。この度はお世話になります」

笑った顔まで色っぽい。自動販売機の体になっていなければ、まともに目を合わせられないぞ。ソファーに座るときの足の組み方なんて、見えそうで見えないギリギリを狙《ねら》ってやっているとしか思えない。

「これがハッコンから提示された商品なのだが、この手では扱い辛《づら》くてな、やってもらって構わぬか」

「もちろんですわ。私たちの為《ため》になる商品なのですよね。ここを破るのかしら……あら、これは、不思議な素材ですわ。伸び縮《ちぢ》みするなんて面白《おもしろ》いわ」

この背徳的な気分は何なのだろうか。

「ぬるっとした液体が片面に付着していますわね。これって用途《ようと》は」

「それが、さっぱりでな。そういえば、箱の中に紙が入っていた。読んでみてくれ」

「拝見いたしますわ。あっ、そういうことですのね。図解されていましたので、わかり易《やす》くて助かります」

妖艶《ようえん》に微笑《ほほえ》むのはやめて欲しい。自動販売機が不具合を起こしそうになる。

「おお、わかったのか。これはどういう用途で使われるのだ」

「これは殿方《とのがた》のあそこに装着して、女性の秘部に挿入《そうにゅう》するのですよ。箱の種類によって、殿方の大きさに対応されているようですわ。これだけ薄いのであれば、行為《こうい》の邪魔《じゃま》にもならず病気の予防にもなる素晴《すば》らしい逸品《いっぴん》です」

流石《さすが》プロだ。コンドームが何であるかを一発で見抜《みぬ》いたか。お世辞ではなく、本気で喜んでもらえているようだ。

ちなみに余談だが、箱によってSMLサイズに分かれている。生前に購入《こうにゅう》した物しか並ばない商品で何故《なぜ》大きさの異なる三種類を取り揃《そろ》えられたのか。見栄《みえ》とプライドと現実とだけ言っておこう。男なら誰《だれ》もが本番を想定して試したことがあるよな……あるよね？

シャーリィは箱ごとの大きさ、枚数、値段をチェックしているようで、メモを取ると小さく頷いている。

「是非《ぜひ》、購入させていただきます。他《ほか》にもおすすめの商品があるのでしたら、拝見させていただきたいのですが」

し、仕方ない。そこまで言われたら出すしかないよな。ま、まあ、俺もアダルト関連の商品は殆ど購入したことが無いので、そんなに商品揃えられないが。

その後、何とか商談が成立して、シャーリィさんは腰《こし》をくねらせながら会長室を出て行った。最後に一言「あなたが人間でしたら、私自らお相手しましたのに、残念ですわ」と囁かれたのはヤバかった。

だけど、それから合流したラッミスに、

「あれ、ハッコン体がちょっと熱いよ。何か嬉《うれ》しいことでもあったの」

と言われた時に全身が冷たくなり、保温機能が壊れたのかと焦《あせ》ったな。勘《かん》が鋭《するど》いというのは良し悪《あ》しだと、今日初めて思ってしまった。

共同浴場

「ハッコン、そろそろ行こうか」

晩《ばん》御《ご》飯《はん》を食べ終えたラッミスが、ハンター協会の外で佇《たたず》んでいた俺に声を掛《か》けてきた。

そういや、今日だったなあの日は。ラッミスは三日に一度のペースで毎晩とある場所に向かうのだが、最近は俺を必ず同行させるのだ。

今日も俺を軽々と背負うと、スキップを踏《ふ》みながら軽い足取りで目的地を目指している。

滅《めっ》多《た》に機《き》嫌《げん》が悪くなることは無いのだが、今日は特に上機嫌だな。

「ふーん、ふふーん、今日はいっぱい働いたから、早くは——」

「あら、ラッミスちゃん。それにハッコンさん、先日はお世話になりました」

この艶があり過ぎる声はシャーリィさんだったか。前に性関係の問題でコンドームを提供した、夜の商売を取り仕切っている女性だよな。

今から仕事なのだろうか、前回と同じく露《ろ》出《しゅつ》度《ど》の高いイブニングドレスを嫌味《いやみ》なく着こなしている。

「シャーリィさんは今からお仕事？」

「いいえ。ちょっと昼間忙《いそが》しかったから、ちょっと汗《あせ》を流《なが》そうと思って」

「そうなんだ！　じゃあ、一緒《いっしょ》だね。私も今からお風呂《ふろ》なんだよ」

そう、今日は共同浴場の日なのだ。常日頃《つねひごろ》は濡れた布で体を拭《ぬぐ》う程度なのだが、三日に一度は必ず共同浴場に行くことに決めているらしく、その日は一日中機嫌がいい。

風呂は大好きらしいのだが、結構な料金を取られるらしいので三日に一度で我慢《がまん》しているそうだ。

「あら、そうなのね。それはついていたわ。ハッコンさんもいるなんて」

そう言って流し目を俺に注いでくる。機械の体なのに胸が高鳴りそうになるから、やめていただけませんか。

彼女が俺の同行を喜んでいるのには理由がある。その理由は共同浴場に到着《とうちゃく》すればすぐに判明するのだが。っと、もう着いたのか。石造りの建物が進行方向に見えている。

清流の湖階層ではハンター協会に次いで巨大《きょだい》な建造物だ。一見、学校の体育館のように見えるが、ここが共同浴場である。

壁《かべ》は石造りで湾曲《わんきょく》した屋根は木製のようだ。入り口が二つあり、左は女性用で右が男性用となっていて、男の夢である混浴ではない。

「よーし、着いたあぁぁ。突入《とつにゅう》だあぁぁぁ」

テンションが高いままのラッミスは、何のためらいもなく左の入り口に飛び込んでいく
――俺を背負ったまま。

中に入ると板の間になっていて、全員が靴《くつ》を脱《ぬ》いで上がっていく。そして、その先には壁際に銭湯の番台のような高台があり、そこには顔中皺《しわ》だらけの小柄《こがら》なお婆《ばあ》さんが座っている。

「銀貨五枚だよ」

「はい、五枚」

お婆さんに銀貨を手渡《てわた》しすると、俺を下ろすことなく奥へと進んでいく。そこは脱衣所《だついじょ》になっていて、荷物や衣服を入れるロッカーが壁際にずらりと並んでいる。とまあ、冷静に観察できるのも、初めてではないからなのだが。

俺はいつものように脱衣所の隅《すみ》に置かれたので、辺りをざっと見回してみた。

休憩《きゅうけい》用の長椅子《ながいす》や体重を測る魔道具らしきものも設置されているところなんて、普通《ふつう》に銭湯のようだ。丁度、客の少ない時間帯だったようで、ラッミスと遅《おく》れて入ってきたシャーリィさん以外には、二人しかいなかった。

一人は風呂に入る直前だったようで、全裸《ぜんら》姿を余計な物で隠すことなく晒《さら》している。

その女性は豊かな胸に豊かな胴回《どうまわ》り豊かなお尻《しり》、という見事なスタイルをしている――熊《くま》だった。あれだな、女性であろうと獣人《じゅうじん》のヌードはちっとも嬉しくない。

それに、この世界の獣人は耳と尻尾《しっぽ》だけが動物なんて生易しい存在ではなく、動物そのままなので裸《はだか》を見ても、動物園やテレビで見たことあるなという感想しか抱《いだ》かない。

残りの一人は人間の女性なのだが、早朝常連の一人であるお婆さんなので特にコメントはない。

「ふあぁぁ、シャーリィさん綺麗《きれい》……羨《うらや》ましいなぁ」

「ふふふ、ありがとう」

彼女たちの声が聞こえてきたので、俺は特に意識もせずに、さりげなく、深い意味は全くないのだが、視線をそちらに向けた。

ラッミスは胸元にある二つの大きなビーチボールを片腕《かたうで》で押し上げるようにしている。下はパンツ一枚という煽情《せんじょう》的な格好で前屈《まえかが》みになってシャーリィさんを凝視《ぎょうし》していた。違《ちが》う、あれはビーチボールじゃない、あまりにも巨大過ぎる乳房《ちぶさ》か。

完全に解放された状態だと双丘《そうきゅう》の破壊《はかい》力が半端《はんぱ》ない。これは、男なら思わずガン見してしまっても、咎《とが》められないのではないだろうか。オスとしての本能が目を逸《そ》らすことは罪だと叫《さけ》んでいる気がしないでもない。

更《さら》に彼女の目線の先には、何も纏《まと》っていない全裸のシャーリィがいた。何故だ、スタイルも抜群《ばつぐん》でエロい筈《はず》なのに興奮を覚えない。まるで芸術作品を見ているかのような理想的な美がそこにあった。欲情なんてものはそこには存在せず、ただ美しさに見とれてしまう。

こういう時は生身の体がなくて良かったと思うべきなのか、それとも悔《く》やむべきなのか判断が難しいところだ。

「ハッコン、いつもの売ってくれる？」

っと、ラッミスに声を掛けられて我に返った。そうだ、俺がここに居る理由はそれだった。

自動販売機《じどうはんばいき》の商品にタオル、バスタオル、石鹸《せっけん》、シャンプー、トリートメントを追加する。以前、お風呂に行くとラッミスが言っていた時に、気を利《き》かせてお風呂グッズを並べてからというもの、これはもっとみんなに使ってもらうべきだと、脱衣所まで連れていかれることになったのだ。

これは決して狙《ねら》った訳ではなく、偶然《ぐうぜん》そうなっただけなのを主張しておきたい。そう、これは偶然の産物であり、俺が望んで共同浴場の脱衣所に置かれているわけではない、という部分を強調しておきたい。

「この液体の髪《かみ》を洗う洗剤《せんざい》は指通りが最高で、信じられないぐらい艶《つや》が出るのよね。丁度なくなりかけていたから、大量購入しておこうかしら。でも荷物になるわね」

「だったら、風呂上がりにお店までハッコンと一緒に行くよー。ハッコンもいいよね？」

「いらっしゃいませ」

そういや、お店まで行ったことがなかったから正直、かなり興味がある。日本みたいにネオン街で派手な感じなのだろうか。それとも、民家と変わらない外観で一見わからない感じにして、密《ひそ》かに経営しているのだろうか。

「あら、それは助かるわ。ハッコンさんにはあっちの追加注文もしたかったから」

全裸で髪を掻《か》き上げながら色っぽい声を出されると、体内の回路がショートしないか心配になる。これ心臓があったら鼓動《こどう》が煩《うるさ》いぐらいに暴れていそうだ。

「じゃあ、ハッコンお風呂入ってくるから、ちょっと待っていてね」

「またのごりようをおまちしています」

肩《かた》まで浸《つ》かって体の芯《しん》まで温まるんだよ。俺のことは気にせず、ゆっくりしていいからね。本当にお構いなく。しっかりと体の隅々《すみずみ》まで磨《みが》いて、今日の疲《つか》れをいやすんだよ。

彼女たちが浴室に消えたので、俺はじっと時が過ぎるの待つ。誰もいない空間で、何をするわけでもなく、ひたすらに待ち続ける。

そろそろ、良い時間か。大体この時間帯だった筈だ。

「はあー、疲れたね」

「今日は結構儲《もう》かったし、この後、飲みに行こうか！」

「いく、いくー」

来たかっ。外が暗くなると危険度が増す為《ため》、ハンターたちは大体これぐらいの時間で活動を終えて、屋外活動での汚《よご》れを洗い流しにやってくるのだ。

完全な美を目《ま》の当たりにした後では、何を見ても感動が薄《うす》れると思われがちだが、そうではない。芸術的な体つきよりも、何処《どこ》か欠点やバランスの悪い体の方が親しみやすく、人間味があって俺は魅力《みりょく》的に感じる。

それに若さというのは、それだけで武器となる。どれだけ手入れをしていても、若さの特権である肌《はだ》の張りや、肉体美というのは取り戻《もど》せない……と以前友人が熱弁を振《ふ》るっていたのを思い出す。決して、俺の意見ではない。

とまあ、唐突《とうとつ》に思い出した友人の意見はどうでもいい。扉《とびら》を開け放って現れたのは、若いハンターのグループだった。歳《とし》は俺には判断付かないが口調からして若いのだろう。

やってきたのは、二足歩行のキツネが二体にタヌキが二体。

あ、うん、共同浴場が動物園化してきた。

この集落には人が多いのだが、熊会長のような獣人もちらほらと見かける。獣人は身体能力が人間より優《すぐ》れているので、ハンターには結構な比率で獣人が加入しているらしい。それも獣人は同じ種族で集まりグループを作ることが多いので、こうやって獣人が一気に現れても不思議ではない。

あれだな、ここはむしろ視界を閉じてしまった方が楽しめるか。声だけは若い女性の声だし。

「最近、抜《ぬ》け毛が激しくてさー」

「それって、ただの生え換《か》わりの時期だからでしょ」

「ってかさ、最近疼《うず》いてしゃーないのよ」

「もうちょいで発情期だからね。いいオスいたら教えてよ」

あれだな、ちっとも楽しくない。発言が生々しい。

あれだ、女子高とか男のいない場では女性は羞恥心《しゅうちしん》がなくなると言うが、それに獣の本能がミックスされて性がオープン過ぎて引く。

「おっ、今日はハッコンがいるわ！　毛を洗うの買っておこうっと」

「私も私も」

まあ、彼女たちは全身毛だらけなので、シャンプーとかトリートメントを大量消費してくれる上客だから文句はないのだが。

「これで毛並が良くなったら、オスたちが黙《だま》っていないわよね」

「この香《かお》りもたまらないらしいよー。前、カレシが発情期でもないのに欲情してきたしい」

タヌキとキツネが仲良く肩を並べて浴室に消えていく。あれだな、少し胸が膨《ふく》らんでいてお尻も女性っぽいが、だからといって色気を感じる訳じゃない。人によっては、こういう対象に性的興奮を覚える人もいるようだが、俺はそこまで上級者ではない。

まあ、自動販売機だから対象が人間だったとしても、女性の裸体《らたい》なんてどうでもいい。

だが、しかし、元人間の男としては、この状況《じょうきょう》を楽しまなければ勿体《もったい》ない、という感覚も僅《わず》かながら残っているのだ。

そう、自動販売機である前に、男の魂《たましい》を忘れてはならない！

「ふぅー、風呂上がりに、一杯《いっぱい》いただきますかねぇ」

「いらっしゃいませ」

お婆さん、風呂上がりは冷えたフルーツ牛乳かコーヒー牛乳がお勧《すす》めですよ。汗を掻き過ぎたのならスポーツドリンクで水分補給を。

「この、変わった色の飲み物を買おうかしら」

おっ、フルーツ牛乳を選ぶとはわかっている。やはり、風呂上がりはフルーツ牛乳かコーヒー牛乳で決まりだろう。もちろん、容器は瓶《びん》だと決まっている。銭湯でここは譲《ゆず》れない。

蓋《ふた》の開け方は丁寧《ていねい》に絵で描写《びょうしゃ》してある紙が、自動販売機の側面に貼《は》られているので万全《ばんぜん》だ。ちなみに絵師はラッミスである。中々味のある可愛《かわい》らしい絵なので、結構好きな絵柄《えがら》だ。

「ふぅぅぅ、のぼせかけた身体にしみわたるわぁ」

「ありがとうございました　またのごりようをおまちしています」

やっぱり、お客が商品を購入《こうにゅう》して喜ぶ姿を見るのが、自動販売機として一番幸せを感じる瞬間《しゅんかん》だよな……あれ、何か別なことを考えていた気もするが、まあいいか。

「ふうあぁぁー、さっぱりした」

「気持ち良かったわね」

あ、お婆さんとやり取りしている間に二人が入浴を終えている。体にバスタオルを巻いただけの格好というのは全裸よりもエロいと思うのは俺だけじゃないよな。

見えそうで見えないギリギリのラインが、男の欲情を増幅《ぞうふく》させる。うん、悪くないと思います。

「ハッコン、私も冷たいの頂戴《ちょうだい》！　今日は茶色い方ね」

「私も同じものを頂こうかしら」

二人ともキンキンに冷えたコーヒー牛乳を摑《つか》み、腰《こし》に手を当ててぐいっと飲み干していく。腰に手を当てて飲むのは万国どころか異世界でも共通のようだ。

風呂上がりの火照《ほて》った体に、俺の体から出た白い液体が体内へと浸透《しんとう》していく――とモノローグを入れると少しエロい。

「ぷはああああっ！　くうううう、はあああ、さいっこう！」

ラッミス、喜《うれ》んでくれるのは嬉しいが、オッサン臭《くさ》いぞ。

「はぁふぅう、この冷たさが心地《ここち》いいわぁ」

それに比べて、体をくねらせて身悶《みもだ》えするシャーリィさんなんて、色気があり過ぎて目に毒だ。思春期の若者なら一発でやばいことになりそうな、大人の魅力と色気が溢《あふ》れすぎている。

彼女が着替《きが》えている間にも客が何人かやってきて、俺から商品を購入していく。いつものように相手をしていると、彼女たちが服を着終えたので俺は帰ることになった。

「ハッコン連れて帰りますから、欲しい物があったら今の内にどうぞー」

ラッミスが大声でそう言うと、浴室から飛び出してきた人や、着替えている最中《さなか》の女性が一斉《いっせい》に群がり、冷えた飲料とシャンプーやタオルの類《たぐ》いが大量に捌《は》けた。

「おーい、悪いが男の方にもハッコン貸してくれ！」

男女を隔《へだ》てている壁《かべ》の向こうから、男の大声が響《ひび》いてきた。あの声は門番のカリオスか。

俺としては問題ないので「いらっしゃいませ」と最大音量で返事をする。

「じゃあ、共同浴場の入り口までハッコン迎《むか》えに来て！」

「おう、わかった。野郎《やろう》ども行くぞ」

ラッミスが外に出ると、半裸《はんら》のむさ苦しい男たちが待ち構えていた。そのまま、野郎どもに神輿《みこし》の様に担《かつ》がれて、男性用脱衣《だつい》所に運ばれていく。

「直《す》ぐに返してね！　まだ行くところがあるんだから」

「おうさ、さっさと購入するぜ」

ラッミスの大声に送られながら運ばれると、俺は脱衣所に設置され全裸《ぜんら》や半裸の男に取り囲まれると、商品が次々と売れてゆく。

男たちはトリートメントもシャンプーも買わずに石鹸だけで全身を洗う人が多いので、石鹸だけが凄《すさ》まじい勢いで減っていく。

あとはコーヒー牛乳が大人気で、風呂上がりの男の大半が購入しているな。そして、この世界でも常識なのか腰に手を当てて飲んでいる。

彼らが購入を終えると、またも担がれて外に運ばれていく。

「お帰りー」

「ありがとうございました」

待ち構えていたラッミスにそう伝えると、ニコッと笑《え》みを返してくれた。

「いやー、助かったぜハッコン。一家に一台ハッコンが欲しくなるな」

「違《ちが》いない」

カリオスがそう言うと、ゴルスが大きく頷《うなず》いた。しかし、この二人、いつも一緒《いっしょ》だな。仕事もプライベートも一緒だと息が詰《つ》まりそうだが、二人は相性《あいしょう》がいいのだろう。まさか、そっち系じゃないよな。いや、それはいくらなんでも……。

「あら、カリオス様、ゴルス様、毎度ご利用ありがとうございます」

妖艶《ようえん》に微笑《ほほえ》んで頭を下げるシャーリィに気づいた二人は、気まずそうに頭を軽く下げている。

ほっ、二人はノーマルだったか。これからも、穿《うが》った目で見ることなく二人と接することが出来そうだ。

「よいしょっと。シャーリィさん、待たせてごめんね。もう、いけるよー」

「火照った体を冷やすには丁度良かったから、気にしないで」

二人と一緒に職場に運ばれているのだが、後方からカリオスとゴルスがついてきている。何故《なぜ》、なんて野暮なことを言うつもりはない。夜も更《ふ》けているので、あの二人がいた方が夜道も安心だ。

特に問題もなくシャーリィの職場が見えてきた。裏道のような場所を通るのかと構えていたのだが、そんなことはなく大通りを進んだ先にその店はあった。

道を進んでいくと若い男と、露出度《ろしゅつど》の高い格好をした女性が増えてきたので、店が近いとは思っていたが、何と言うか立派な店構えをしている。

平屋で何棟《むね》も連なっている長屋のようなイメージか。鎧《よろい》を着込《きこ》んだ屈強《くっきょう》な身体つきの男が槍《やり》を構えているのは、威圧感《いあつかん》と安心感を出す為の演出も兼《か》ねているのかもしれない。

「じゃあ、ラッミスちゃんとハッコンさんはこちらに」

シャーリィが後方からついてきていた二人に目配せをして会釈《えしゃく》をすると、二人とも照れたように後頭部を掻いているのが見えた。

その後はラッミスが高級茶菓子《ちゃがし》を満足そうに頬張《ほおば》っている間に、コンドームの追加販売《はんばい》を済ませ、雑談をしていると良い時間になったので帰途《きと》に就《つ》いた。

「もう遅《おそ》いから、今日はハッコンのご飯を食べて寝《ね》ようかな」

怪力《かいりき》で自動販売機を背負っているとはいえ、彼女は可愛らしい女性だ。万が一ということもあるので、俺は明かりを放ちながら辺りを警戒《けいかい》している。

「そうだ。今日は外じゃなくて、うちの部屋で一緒に寝ようよ。今日は体中から凄《すご》く良い香りがしているんだよ。ハッコンが人間なら添《そ》い寝できるのにね。残念だったりする？」

茶化すように言う彼女に対し、俺は意識せずに、

「ざんねん」

「え、ハッコン、今なんて」

声が漏《も》れていた。これは誤魔化《ごまか》しておかないと。

「あたりがでたらもういっぽん」

「ハッコンもしかして、惚《とぼ》けている？　ねえ、ねえ、今、本当は何て言ったの」

くっ、珍《めずら》しく追及《ついきゅう》してきたな。後ろから見える横顔は楽しそうで、どうやら俺をからかっているようだ。

「ねえ、ねえ、ねえってば」

「またのごりようをおまちしています」

嚙《か》み合っていないように聞こえる会話だというのに、ラッミスは微笑んでいる。俺も顔

があれば同じように笑っているのだろうな。こんなやり取りですら幸せに感じるのだから、自動販売機も悪くないと心からそう思える。そんな夜だった。

当たり付き

また新しい機能を手に入れてみた。

この機能は前々から欲しいと思っていたのだが、何かと忙《いそが》しくずるずると引き伸《の》ばしになっていたのだよな。最近少し落ち着いてきたので、思い切ってそれを選んだのだが。

「あたりがでたらもういっぽん」

「よし、よし、こいこい、7、7、ろおおくううぅぅ、なんとおおおぉぉぉ」

「ざんねん」

そう、ようやくこの音声を本来の目的で使用することが可能になった。当たり付きの機能を追加したのだ。777の数字が揃《そろ》えばもう一本当たるという、誰《だれ》もが一度は期待をしたことのあるあれだ。

これを導入してから、売り上げが三割近く伸びた。この集落には娯楽施設《ごらくしせつ》が少ないので、こんな単純なスロットだというのに、はまる人が続出している。

他《ほか》にも住民の間で当たりが出たら一日幸運が訪《おとず》れるという胡散臭《うさんくさ》い噂《うわさ》が広がり、運試《うんだめ》し

を兼ねて購入する人も増えているようだ。

日常のちょっとしたスパイスとして楽しんで貰《もら》えるなら狙《ねら》い通りなのだが、常連の一人が予想以上にハマってしまい、今日も無駄《むだ》に商品を買い込んでいる。

「落ち着け、落ち着くのじゃ。これで、これで最後にするぞ。今までの統計では、水の勝率が高い。故《ゆえ》に水を買うのが必勝への近道となるっ」

それは、圧倒《あっとう》的に水を買う回数が多いからだと思うよ、お爺《じい》さん。

白髪《しらが》で埋《う》め尽《つ》くされた頭を豪快《ごうかい》に掻《か》きながら、充血《じゅうけつ》した目で息荒《あら》くボタンに指をかけて気合を入れているのは、朝の常連三人衆の一人であるお爺さんだ。黙《だま》っていたら渋《しぶ》くて貫禄《かんろく》のある顔をしているというのに、もったいない。

今まではお婆《ばあ》さんと一緒に来ることが多かったのだが、当たり付きを実装してからは、早朝の誰もいない時間帯に一人できて、最低六回はスロットを回して帰っていくのだ。

ちなみに自動販売機のスロット機能は自動販売機の設置者が自由に確率を変えることが可能となっている。

そして、豆知識としてはスロットを当てたいのなら、不人気な商品を選ぶといいという噂がある。

スロットのシステムなのだが、景品表示法という法律により、一般懸賞《いっぱんけんしょう》における景品類の限度額が決められていて、懸賞《けんしょう》にかけられるのは売上予定総額の2％となっている。

つまり、その商品が百本売れれば二本までは当たりとして提供していいということだ。

まあ、何が言いたいかと言えば、結局は運なんだよな。どうしても当てたいのなら、全《すべ》てを買い占《し》める勢いでお金をつぎ込めば必ず当たるのだが。あ、ここの当たりの確率は2%にしている。日本ならかなり良心的な設定と言えるだろう。

「この一投に全てをっ、我が博打《ばくち》人生の全てをっ」

「何をやっているのですか、お爺さん……」

ハッとした顔でお爺さんが振《ふ》り返った先には、笑顔のまま杖《つえ》を振り上げているお婆さんがいた。とうとうバレてしまったか。そりゃ、毎日早朝に家を抜《ぬ》け出していれば、こうなるよな。

「まったく、昔の悪い癖《くせ》が出て、女の尻《しり》でも追っかけているのかと思うたら……はぁ、そっちの病気が再発やとわ」

「い、いや、婆さんや、違うんじゃ。ほ、ほら、婆さんのスープも買っておいてやろうと思うてな、あいたっ！」

言い訳をするお爺さんの頭頂部に杖が振り下ろされた。結構、容赦《ようしゃ》のない勢いで叩《たた》いたが、大丈夫《だいじょうぶ》だろうか。

「頭が割れても、私が癒《いや》しますから安心していいですよ」

そういや、お婆さんは加護の〈癒しの光〉が使えるのだったな。なら安心だ……安心か？


「まったく、今日が何の日か忘れとらんのでしょう」

「わかっとる。わかっとるわ……最後にもう一回」

「お、じ、い、さ、ん」

お婆さんが杖を捻《ひね》って引っ張ると、中から鈍《にぶ》く輝《かがや》く刃物《はもの》の光が見えた。え、それ仕込み杖《づえ》なのかっ。柔和《にゅうわ》な笑顔のままで杖から現れた刀を構えるお婆さんに、お爺さんは完全に腰《こし》が引けている。

昔は美人だったのだろうなと容易に想像できる気品ある顔。そこに笑顔がプラスされれば普通《ふつう》は魅力《みりょく》的に見えるものなのだが、何故、寒気がするのだろう。

「よ、よさんか！　婆さんの腕《うで》はシャレにならん。わかった、ワシが悪かった」

「わかってくれたのですねぇ。ほなら、行きましょうか」

何度も名残惜《なごりお》しそうに、こちらをチラチラと見ながら、お爺さんがお婆さんに引っ張られていく。いつもはお婆さんがお爺さんに従っている感じだったのだが、実はお婆さんの尻に敷《し》かれていたのか。

今日のお爺さん、いつもよりむきになってスロットをしていたな。お婆さんの口振《くちぶ》りだと大事な用事があるみたいだけど、それに行きたくないから現実逃避《とうひ》をしていたのだろうか。

俺が会話できるなら、愚痴《ぐち》の一つでも聞いてあげたいところだが、自動販売機は物を売ることしか出来ない。

◆

お爺さんのことが気になりながらも、いつものように商品を提供していると、気が付けば集落が紅《あか》く染まっていた。夕日か……ダンジョンの内部だというのに、当たり前のように陽《ひ》が昇《のぼ》り、陽が落ちる。それに違和感《いわかん》を覚えなくなっているということは、俺も異世界に馴染《なじ》んできたということなのだろう。

今日はラッミスが忙しいらしく、ハンター協会の近くで丸一日放置プレイ中だ。

最近では飲食店や屋台が、自動販売機の商品に触発《しょくはつ》されて料理の味が上がっているとの話をよく耳にする。集落が活気づくのは良いことだと思うので、夕方から夜にかけては食べ物関係の商品を並べていない。

異世界の人は就寝《しゅうしん》時間が早いらしく、遅くても22時までには店を閉めるので、それ以降は温かいカップ麺《めん》やおでん缶《かん》、最近仕入れたカレーうどん缶も置くようにした。

冷凍《れいとう》食品を温めて提供するモードもあるのだが、あれをすると自動販売機の半分がその機能で占《し》められてしまうので、もう半分を飲料モードにするかカップ麺を置くかそこが問題なのだ。

「おじいちゃん、おじいちゃん。おなかすいてない？　あのしかくいのって、たべものいっぱいでてくるハコだよね。メイはへってないけど、あれっておいしいのかな」

幼い女の子の声が聞こえる。あれって遠回しに催促《さいそく》しているよな。あくまで自分が食べたいわけじゃないという主張が可愛《かわい》らしくもある。ちょっとませた子なのだろうか。

「おうそうじゃな。じゃあ、何か一つ買うとするか。メイは何が食べたいんじゃ」

ん、今の声は常連のお爺さんじゃないか。今朝の不機嫌《ふきげん》具合が嘘《うそ》のように、満面の笑《え》みを浮《う》かべて少女の手を握《にぎ》っている。その隣《となり》にはお婆さんと、二十代ぐらいに見える三つ編みの大人しそうな女性がいる。

「思い切って会いにきてよかった……親不孝な娘《むすめ》でごめんなさい」

「親にとって一番の親不孝は、先に死なれることやよ。まあ、あんたは年取ってから出来た子やから、甘やかしすぎたとは思うとったけどねぇ」

さらっと重い内容の会話をしている。こういうのを第三者である俺が聞くのは失礼だとはわかっているのだが、耳を塞《ふさ》ぐことすらできないので勘弁《かんべん》してもらおう。

あの女性は娘なのか。老夫婦は外見の印象だと六十後半といった感じなのだが、娘さんが実は三十代だとしたら、そんなにおかしい年齢《ねんれい》差ではないな。

「あの人は、最後までしぶっとったけどねぇ。本心は会いたいと思うとったくせに、ほんまに素直《すなお》じゃない人やわ」

「勘当覚悟《かんどうかくご》で駆《か》け落ちしたのだから、当たり前よね。それもお父さんが嫌《きら》っていた相手と。それで、捨てられておめおめと帰って来たら……」

「それは違《ちが》う。あの人はあんたらが心配なんよ。ここはなんやかんや言うても、魔物《まもの》が跋扈《ばっこ》するダンジョンの中。最近も魔物の襲撃《しゅうげき》があったばかりやからね、守りも手薄《てうす》なんよ。そんな時、あんたが一方的に会いに来ると手紙を寄越《よこ》してきたもんだから、ずーっと心配しとったんよ」

「そう、なの？」

「そうやよ。だから、あんたがここを飛び出してからずーっと止《や》めていたギャンブルも解禁して」

そう言ってお婆さんが、俺の前で商品を選んでいるお爺さんと孫娘《まごむすめ》を眺《なが》めている。

ああ、だからお爺さんは、最近ずっとスロットを回し続けて、攻略《こうりゃく》方法を探《さぐ》っていたのか。来《きた》るべき今日に備え、藁《わら》にもすがる思いで一日幸運が訪れるという噂の当たりを引く為《ため》に。

「おじいちゃん、このすうじって、なあに？」

「ああ、それはな。ここで買い物をしたら回ってな、数字が三つ揃ったら当たりで、もう一個ただで貰えるんじゃよ。それにな、ここで当たりがでたら一日幸せになれるという話じゃ」

「えっ、そうなんだ！　メイ、やってみたい！　きっとあたりでるよ！」

手を挙げて、ぴょんぴょんと少女が跳《は》ねている。お爺さんは目を細めて、眩《まぶ》しそうに孫娘を見つめ微笑《ほほえ》んだ。あんなに優《やさ》しい顔をしたのを初めて見たな。

「なら、やってみるか。爺ちゃんが硬貨《こうか》入れたら、好きな商品押したらええ。ちなみに、爺ちゃんのおすすめは、水じゃよ」

「うん、やってみるね！」

この子が届きそうな一番下の列に、オレンジジュースを並び替《か》えておこう。

少女は一生懸命背伸《けんめいせの》びをして、オレンジジュースのボタンに触《ふ》れた。ジュースが取り出し口に落ちると同時に、スロットの数字が動き始める。

「7と7だよ！　あと一つでいいんだよね！」

「そこからが、当たらんのじゃよ。そこまでならワシもいくんじゃがな」

「なーな、なーな、なーな、なーな……7きたよ！　あたったあああっ」

「な、なんじゃとっ」

ファンファーレの音が鳴り響《ひび》き、温かいと冷たいを表現している赤と青の光が交互《こうご》に点《てん》滅《めっ》する。飛び跳ねて喜ぶ少女と呆然《ぼうぜん》と立ちすくむお爺さん。

目の前の光景が信じられないのだろう。今まで散々お金を注《つ》ぎ込んで一度しか当たったことがないのに、孫娘が一発で引き当てたのだから。

「メイや、早く選ばんと、ただで貰える時間が過ぎてしまうぞ」

「じゃあ、これ！」

少女が選んだのはオレンジジュースの横に並んでいたミネラルウォーター。

「はい、これお爺ちゃんの！」

「ワシにくれるのか、ありがとうよ。じゃが、折角の一日幸せになるという効果が今からじゃと、直《す》ぐに終わってしまうのぅ。もったいない」

「え、なんで。メイはきょう、おじいちゃんとおばあちゃんにあえて、ずーっとしあわせだったよ！　だから、もったいなくなんてないよ！」

その言葉を聞いてお爺さんが夕日に染まる雲を見上げた。俺の高さだとお爺さんの顔が丸見えなのだが、その目の端《はし》には光る滴《しずく》があった。

お爺さんとお婆さん、そして娘さんと孫娘。四人が並んで歩いて行く影《かげ》が、長く長く地面に伸《の》びている。その影は幸せそうに絡《から》み合い揺《ゆ》れながら、消えていった。

メイちゃんが当たりを引き当てたのは偶然《ぐうぜん》かどうなのか、それを語るのは蛇足《だそく》だよな。

隠れる自動販売機

　集落が復興作業で活気づいている最中《さなか》、熊《くま》会長が唐突《とうとつ》にこんな頼《たの》みごとをしてきた。

「ハッコン。お主は身体《からだ》を風景に溶《と》け込ませる、擬態《ぎたい》が使えると聞いたのだが本当だろうか」

「いらっしゃいませ」

　意図は読めないが嘘を吐《つ》く必要もないので素直にそう答えた。言葉だけでは納得《なっとく》できないかもしれないので、現在ハンター協会前の定位置なのだが、協会の壁《かべ》と同じような配色に変化してみせる。

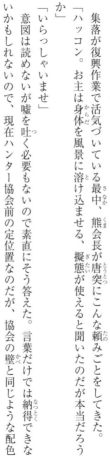

　壁は背中側なのだが機能の〈全方位視覚確保〉があるので、問題なく後方も見ることが出来る。そのおかげで壁のシミまでも正確に模倣《もほう》できている筈《はず》だが。
「ほおーっ、見事なものだな。これならば、相当近寄らなければ相手に見つかることは無いだろう。ハッコンのその能力を見込《みこ》んで一つ頼まれてくれないか」
　熊会長の頼み事とは大量の人が流入してきたことにより、犯罪行為《こうい》が多発している一帯があるらしく、そこに潜《ひそ》んでもらい犯罪行為を行っている人物の特定を頼みたいとのことだった。

その為に擬態能力がどれ程《ほど》のものか調べる必要があると、明日《あした》一日、ハンター協会の隣にある蛇双魔《じゃそうま》に廃墟《はいきょ》にされた民家跡《あと》の壁に化けて、一日見つからないように過ごして欲しいとのことだった。

俺が快く引き受けると、熊会長はラッミスには明日一日ハンター協会がハッコンを借りるとだけ伝え、渋々《しぶしぶ》だが了承《りょうしょう》をもらえたそうだ。

そして、深夜の内にそっと運ばれ予《あらかじ》め細工してあった壁の一部を切り抜《ぬ》き、俺はそこにすっぽりはまり込むと、身体の色彩《しきさい》を壁と同じように変化させて今に至る。

ここからだとハンター協会前がよく見えるな。いつも自分が見ているアングルとは違うというだけで凄《すご》く新鮮《しんせん》な早朝に感じる。

いつもの早朝常連四人組がやってきていたが、俺を発見することができずに立ち去っていった。今回は特殊《とくしゅ》任務なので勘弁してもらおう。詫《わ》びと言っては何だが、今度スロットの確率を変更《へんこう》しておくか。

彼らが帰った後は定番の流れだとラッミスが出て来て挨拶《あいさつ》してくるのだが、俺が今日いないことは事前に知っているので、それはないか。

と思っていたのだが、ばんっと勢いよく扉《とびら》が開け放たれると、寝間着《ねまき》姿のラッミスが姿を現した。膝下《ひざした》まである大きめの長袖《ながそで》のシャツを着込んでいるのだが、サイズが合ってないのか首回りが広すぎて片方の肩《かた》が剝《む》き出しになっている。

足には毛皮のスリッパを履《は》き、小脇《こわき》に枕《まくら》を抱《かか》えて目元を眠《ねむ》たそうに擦《こす》っている。ラッミスは宿屋が復旧するまで、ハンター協会の部屋を借りているので、そこにいるのは理解できるが、何で寝間着姿で出てきたんだ。

「ハッコンどこ～」

半分閉じた目で俺がいつもいる場所をぼーっと眺めながら、そんなことを口にしている。完全に寝ぼけているな。今日はいないのを忘れているのか。

「ハッコ――――ン。ど～こ～」

ああもう、寝ぼけた状態でうろつかない、転ぶぞ。ほらほら、スリッパで外に出ようとしない。そんな無防備な格好で外出たらダメだぞ、ちゃんと着替《きが》えなさい。はぁぁぁ、危なっかしくて、見てるだけでハラハラする。

「こら、ラッミス、何処《どこ》行くの。今日はハッコンを会長が借りるって言っていたでしょ」

既《すで》にエプロンスカートに着替え終わっている宿屋の看板娘ムナミが、ラッミスの襟首《えりくび》を掴《つか》んで動きを止めようとしたのだが、怪力《かいりき》の彼女を止められる訳もなく、そのまま引きずられている。

「ふへぇ？　あ、ムナミおはよう～」

「おはよう～じゃないわよ。顔洗って目を覚ましてきなさい」

「ふああい。いってきま～す」

枕を摑んだ手をビシッと掲《かか》げて、大きく振《ふ》りながらラッミスが建物内部に消えていった。

そんな彼女にムナミは苦笑いを浮かべて手を振り返している。

「全くもう……最近は張り詰《つ》めた感じが無くなってきたと思ったら、今度はたるみ過ぎかしら。でも、前よりはずっといいわね。これもハッコンのおかげなのかしら」

そんなことを呟《つぶや》くとムナミも室内へ引っ込んでいった。

気になることを口にしていたな。ラッミスっていつも笑顔で元気いっぱいのイメージなのだが、俺と出会う前はそうでもなかったのか。そういや、初めて出会った時も落ち込んでいたな。

でも、王蛙人魔《おうかわずじんま》討伐《とうばつ》の際に自信がついたみたいで、あれから復興作業も鍛錬《たんれん》も楽しそうにこなしている。以前の彼女のことは知らないが、今が幸せならそれでいいさ。

「たっだいまー。目が覚めたよー、おはよう」

いつもの鉄板が仕込んであるブーツに、ローライズの短パン。集落内とはいえ滅多《めった》に脱《ぬ》ぐことがない革鎧《かわよろい》という格好で、元気よくラッミスが入り口に現れた。

寝ぼけた姿も悪くないけど、やっぱり元気はつらつなのがラッミスらしくていいな。彼女の最大の魅力《みりょく》は、あの笑顔だと断言できる。

「はいはい、おはよう。ラッミス、今日はどうするの。いつものように宿屋の復興作業手伝ってくれるのかしら」

「ごめーん。今日はハッコンがいつ帰ってくるかわからないし、ハンター協会近くのお手伝いしておく」

「なら、仕方ないか。じゃあ、熊会長に迷惑《めいわく》かけないようにね」

小さく手を振って宿屋跡地《あとち》に向かうムナミに、ラッミスは大きく手を振り返している。

今日はこの周辺で仕事をするのか。見つからないように気を付けないとな。

「よーし、それじゃあ会長にお仕事ないか聞いてこようーっと」

「それには及《およ》ばんよ」

「うわっ！　会長いつの間にっ」

本当にいつやってきたんだ。あの巨体《きょたい》なのに完全に気配を殺して移動できるのか。ラッミスの真後ろにいるというのに、俺も声を掛《か》けられる直前まで気づかなかった。

「気配を消せると有益だ。ラッミスも鍛錬に励《はげ》むと良い」

「気配かー。そういや、師匠《ししょう》も気配は必須事項《ひっすじこう》だと言ってたよ」

たまに彼女が話す師匠ってどんな人なのだろう。性別も不明で、凄腕《すごうで》のハンターであることしかわかっていない。その師匠の下でもう少し鍛《きた》えてもらえていたら、ラッミスも怪力をもっと上手《うま》く操《あやつ》れただろうに。かなり勿体《もったい》ないよな。

「良き師のようだな。さて、ラッミス。今日はハンター協会周辺での仕事を望んでいるということで、間違《まちが》いはないか」

「うんうん。ハッコンがいつ帰ってきても迎《むか》えられるようにしたいから」

なんていい子だ。ハッコンが異世界に来てからの最大の幸運は、彼女と知り合えたことだと断言できる。あの出会いがなければ、今頃《いまごろ》、湖畔《こはん》でポイントを失いただの鉄の箱と化していたことだろう。

「ふむ、ハッコンは果報者だな。いや、果報箱か」

熊会長の仰《おつしや》る通りだ。世界一幸せな自動販売機《じどうはんばいき》だよ。

「では、そうだな。もう暫《しばら》くすれば、協会内に住む者たちの荷物が届く予定になっている。それを運ぶのを手伝ってやってくれるか」

「力仕事なら任せて!」

親指を立てた拳《こぶし》を突《つ》き出し、満面の笑みを浮《う》かべている。

ラッミスは細かい作業は苦手だが、力仕事は誰《だれ》にも負けない。宿屋で働いていた時も、皿を数十枚一気に割るという快挙を為《な》していたが、食材や大きな荷物の搬入《はんにゆう》はお手のものだったからな。

「期待しておるよ」

熊会長が中に引っ込むと、ラッミスは扉脇《とびらわき》に座り込み体を左右に揺らしている。そのまま待つつもりのようだが、ちらちらっと時折、視線を横に向けては少し寂《さび》しそうな表情を浮かべている。

彼女が見ている場所は俺の定位置だよな……何で彼女はあれ程までに俺に懐《なつ》いているのだろうか。ふと、そんなことを思ってしまった。

彼女とは湖畔で出会った。飢《う》え死に寸前だった彼女は俺から商品を購入《こうにゅう》して生き延びた。それを命の恩人だと解釈《かいしゃく》して、あれこれと世話を焼いてくれている。ありがたいことなのだが、過剰《かじょう》なまでに構ってくれている理由が今のところ不明なのだ。

いつか彼女から話してくれることがあるのだろうか。俺から聞きだすことは不可能なので、待つしかできないが。

「っと、ここでいいのかな。お嬢《じょう》ちゃん、荷物運んできたんだが職員さん呼んでもらえんかね」

荷物を満載《まんさい》した荷車を角の生えた猪《いのしし》――ウナススが運んでいる。このウナススという生き物は大食いではあるが持久力と怪力が売りで、荷馬車ならぬ荷猪車《にちょしゃ》として重宝されている。

初見はちょっと怖《こわ》かったのだが、最近では少し愛らしく見えてきた。

「ちょっと待っていてね、おじさん。職員さん呼んでくるよー」

協会に飛び込んだラッミスだったが、直ぐに飛び出してきた。小脇に女性職員を抱えて。

「あ、あの離《はな》してもらっていいですか」

「ごめんごめん」

何か今日は無駄《むだ》にテンションが高いな。いつもはもう少し落ち着きがあるのだが。

女性職員が解放されると、御者《ぎょしゃ》のおじさんと何か話しているようだ。ラッミスはその周辺をうろうろしている。

「ラッミスさん。この荷台の荷物を二階に上がって左端《ひだりはし》の部屋前まで運んでもらえますか？」

「いいよ、任せてっ！」

どんと勢いよく胸を叩《たた》くと、革鎧に包まれているというのに胸部が揺《ゆ》れなかったか。あの革鎧って材質が柔《やわ》らかいのだろうか。少しだけ気になるな。

荷台に積まれている大きめのタンスを軽々と片手で担《かつ》ぎ上げるラッミスを見て、眼球が零《こぼ》れ落ちそうなぐらいに目を見開いて御者が驚《おどろ》いている。

「もう一個、ベッド持って行こうかな」

左肩《ひだりかた》にタンス、右肩にベッドを担ぎ上げたラッミスが、開け放たれた協会の入り口から中へと消えていった。教会の扉が両開きで巨大《きょだい》だから問題なく通れたな。ぶつからないかと冷や冷やしたよ。

「はえー、あのお嬢さん見かけによらず力持ちだねぇ」

「ええ、清流の湖では一番の怪力ではないでしょうか。期待の新人だと会長も申しておりました」

職員と御者の会話を聞いているだけでほっこりしてしまった。ラッミスが褒《ほ》められると自分のことのように嬉《うれ》しくなるな。

熊《くま》会長は以前から高評価だったようだが、ハンターたちの間ではラッミスの評価は、お世辞にも良くない。その怪力を持て余して、以前はミスを多発していたそうだ。

今は俺を担ぐことにより、丁度いい重しとなって前よりも動きに違和感《いわかん》が無くなったと喜んでいた。何が好転するか、わからないものだな。

と感慨《かんがい》深く彼女の成長を噛《か》みしめていると、協会内から激しい物音と共に「えっ、きゃあああっ！」という聞き覚えのある悲鳴が聞こえてきた。

慌《あわ》てて飛び込んでいった女性職員の背を見送りながら、俺はため息が漏《も》れた。

「ざんねん」

っと、誰にも聞かれてないよな。完全に傍観《ぼうかん》者として呑気《のんき》に眺《なが》めていたので、油断していた。辺りを見回すが誰もいないようで、ほっと息を吐《は》く。今度は声が漏れないように。

あれからずっと協会入り口を見ているのだが、ラッミスも女性職員も戻《もど》ってこないな。

何人か集落の人が自動販売機を探している素振《そぶ》りを見せて、残念そうに立ち去る場面以外は変化が無い。

購入できなかった客には失礼なのだが、自分が多くの人に必要とされているのが実感できて、にやけてしまいそうになる。おっと、冷たいが温かいにならないようにしないとな。

「はぁぁぁぁぁっ、またやっちゃった」

ラッミスがため息と共に扉を潜《くぐ》って現れると、肩を落としてとぼとぼと歩いている。

やっぱりさっきの物音の原因はラッミスだったか。日常の生活ではその怪力が邪魔《じゃま》となり、物品を破壊《はかい》してしまうことが多いのだ。

確か調理器具も所有しているらしいが、鉄よりも硬《かた》い鉱物で作られた特注品らしい。友人のヒュールミから送られた逸品《いっぴん》で、大切な宝物だと以前自慢《じまん》していたな。

あの時、その調理器具を抱《だ》きかかえて、心底嬉しそうに屈託《くったく》なく笑っていたのが印象的だった。特製の調理器具もそうなのだろうが、彼女にとってヒュールミという友人の存在が、かなり大きなウエイトを占《し》めているというのが伝わってきた。

いつか会わせてもらえるそうなので、今から楽しみだ。どんな感じの人なのだろうか。ラッミスと相性《あいしょう》がいいのだから似たような性格なのかもしれないな。

身長を少し高くして、おっとりしていて、包容力溢《あふ》れるスタイル抜群《ばつぐん》の年上キャラというのはどうだろうか。いや、別に願望が含《ふく》まれている訳じゃないぞ。

「荷運び断られちゃったから、どうしよっかな……やっぱり、瓦礫《がれき》の撤去《てっきょ》とかの方が向いているよね」

うん、そうだな。切実にそう思う。個人的にはドジな具合も可愛らしいと思えるのだが、彼女の怪力《かいりき》は笑えるレベルを凌駕《りょうが》しているので、再生能力も頑丈《がんじょう》さもない人間相手だと、シャレにならない怪我《けが》に繋《つな》がる場合がある。

あっ、だから彼女は俺と一緒《いっしょ》にいる時は、あんなにも無邪気《むじゃき》に振舞《ふるま》えるのか。自動販売機の硬さは人間とは比べ物にならないし、損傷したところで自己回復できるからな。彼女のパートナーとしては理想的なのかもしれない。

「何処《どこ》の撤去作業手伝えばいいか、会長に聞いてこよう」

ぱんっと頰《ほお》を挟《はさ》み込むように手の平で打ち、気合を入れなおすと熊会長を捜《さが》しに協会に突っ込んでいった。

「よーし、向かいの瓦礫を排除《はいじょ》するよー」

バンッと勢いよく扉《とびら》を開け放って飛び出してきたラッミスが、そのままハンター協会前の蛇双魔《じゃそうま》に押しつぶされた民家の瓦礫除去を始めている。

廃墟《はいきょ》と化した民家の残っている柱を摑《つか》むと雑草を引き抜《ぬ》くように、ひょいひょいっと引き抜く。基礎《きそ》の下に手を突っ込むと、いとも容易《たやす》く地面から引き剝《は》がしている。

相変わらず感嘆《かんたん》してしまうレベルの怪力だな。彼女のこの力のおかげで、俺は異世界生活を満喫《まんきつ》できている。彼女にこの能力を与《あた》えた神の加護には感謝するばかりだ。

水を得た魚の様に手押し車の荷台に次々と瓦礫を重ねていき、山盛りになると猛《もう》スピードで手押し車を引いて、瓦礫の処理場に向かって走り去っていく。

重機も真っ青になるレベルの活躍《かつやく》だ。性格に反して破壊活動が得意ってのも皮肉なものだな。

「あら、ハッコンさんはいないのかしら」

新たな訪問者か。腰《こし》をくねらせながら、その豊満なお尻《しり》を見せつけるように歩いてきたのはシャーリィ。夜の商売を取り仕切っている女性だ。

相変わらず色気を振《ふ》りまいているな。胸元《むなもと》を大きく開放させて、腰付近までスリットの入っているドレスでスタイル抜群の女性が歩けば、そりゃ目を引く。

集落の男性たちが遠巻きにシャーリィを凝視《ぎょうし》している。わざとらしく後ろを通り過ぎる振りをして、鼻の下を伸《の》ばしたまま、じっくり見つめている男連中も少なくない。

「うおおおおおぉぉぉ……お？　あれ、シャーリィさーん！」

粉塵《ふんじん》を上げながら迫《せま》りくる物体は、手押し車を押しながら爆走《ばくそう》しているラッミスか。

「あら、ラッミスちゃん。お久しぶりね」

「相変わらず素敵《すてき》だね、シャーリィさんは。うちも、もう少し大人っぽくなりたいなぁ」

「ふふふ。焦《あせ》らなくても大丈夫《だいじょうぶ》よ。ラッミスちゃんは私なんて足元にも及《およ》ばないぐらい、素敵な大人の女性になるわ。保証するわよ」

「そうかなー、あはははは」

照れて頭をぼりぼりと掻《か》いているラッミスをシャーリィが優《やさ》しく見つめている。シャーリィとラッミスは正反対な部分が多いので、普通《ふつう》なら気が合わなそうに思えるのだが、そんなことはない。二人とも人当たりが良く差別をするような人じゃないので、実はかなり仲が良かったりする。

「そうね、もう少し大きくなったら、どんな堅物《かたぶつ》相手でも、いちころにするテクニック教えてあげるわよ」

「え、本当に！　どんな堅物でもって本当なのっ」

鼻息荒《あら》く迫るラッミスを見て、シャーリィの目尻《めじり》が下がる。思ったよりも食いつきが良かったことに何かを感じ取ったようだ。って、ラッミスは真面目《まじめ》な人が好きなのか……意外なような納得《なっとく》のような。

「あらあら、気になる人でもいるのかしら」

「ひ、み、つ。でも、色気通用するのかな」

胸の前で手を組み合わせて頬を赤らめる姿を見ていると、自動販売機の中から異音が聞こえた。

何と、ラッミスに好きな人がいるのか……お父さんは許しませんよ！　うちの可愛《かわい》い娘《むすめ》に手を出す輩《やから》には、ホットコーラと冷たい缶《かん》ラーメンの刑《けい》に処す。

「でもラッミスは色気で勝負するより、天真爛漫《らんまん》ないつもの貴女《あなた》が一番素敵よ」

「そ、そうかな。でも、もう少し落ち着いた大人の女性になりたいなぁ」

「落ち着きなんて歳《とし》を取れば誰《だれ》だってそうなるの。それよりも若い頃《ころ》にしかない魅力《みりょく》を大切にした方がいいと私は思うわ。恋愛《れんあい》なんて駆《か》け引きを考えるのは、もっと歳を取ってからでいいのよ。貴女は貴女らしく頑張《がんば》ってみてね」

「うん。ありがとう、シャーリィさん！」

気になるので聞き耳を立てていたのだが、それ以上、ラッミスの好きな相手に対する追《つい》求《きゅう》もなく、シャーリィさんが去っていった。

しかし、シャーリィさんの対応は場数を踏《ふ》んできた大人のそれだったな。見た目だけではなく内面の魅力も計り知れない人だ。夜の仕事をしているからといって、心のどこかで偏見《へんけん》を持っていた自分を恥《は》じないとな。

「やっぱり素敵だなぁ。ああいうドレスを着たら、うちも変わるのかな」

ラッミスがあれぐらい露出《ろしゅつ》度の高いイブニングドレスを着た姿を想像してみる。胸は負けていないので違和感はないだろう。だけど、スリットから伸びた足は色気と言うより健康美なんだよな。

正直な話、まだ、少し早い気がする。それに、そんな格好されたら心配になる。

「みんな、ハッコンに会いに来ているのかぁ。モテモテだね、ハッコンは」

何故《なぜ》、少し頬を膨《ふく》らませているのだろう。何かを呟《つぶや》いていたようだが、声が小さすぎて殆《ほと》ど聞き取れなかった。

　ラッミスが元民家の壁《かべ》の上に座り足をぶらぶらさせている。さっきまでは楽しそうに瓦礫を排除していたのだが、少し疲《つか》れたのかボーっとしているな。

「あら、魔法の箱がありませんわね。わらわが買い物に来たというのに」

　あの生意気そうな少女の声はスオリか。茶髪《ちゃぱつ》のツインテールで、この集落では浮《う》いている小奇麗《こぎれい》な格好をした小さな女の子。目つきが鋭《するど》く、何が不満なのか腕《うで》を組んで怒《おこ》っている姿ばかりを目にしている気がする。

　とまあ、それが以前のスオリに対する認識《にんしき》だ。でも最近は違《ちが》う。口の悪さは相変わらずなのだが、少し素直になってきて、オレンジジュースを飲むときは子供らしい笑顔《えがお》を見せるようになった。

「むぅぅ、アロワズの果汁《かじゅう》飲みたかったのに……もううう、ハッコンのバカ、バカ、バカ」

　腹に据《す》えかねたのかスオリが地面を蹴《け》り続けている。そんな彼女を遠巻きに見守っているのは黒服の男女。今日は二人で護衛をしているようで、民家の陰《かげ》やハンター協会の二階から様子を窺《うかが》っている。

　前から思っていたのだが、黒服じゃなくて集落の住民と同じ服装にした方が怪《あや》しまれないよな。あれは彼らなりのポリシーなのだろうか。

「こら、スオリちゃん。ハッコンのことバカバカ言ったらダメでしょ。とうっ！」

ラッミスが壁の上から跳躍《ちょうやく》して、スオリの前へ華麗《かれい》に着地した。距離《きょり》は五メートル以上離《はな》れていたのだが、流石《さすが》の身体能力だ。

「ふんっ、いらっしゃったのね、オッパイお化けさん」

「ラッミスって前も教えた筈《はず》なんだけどなー」

あれ、この二人仲が悪いのかな。半眼で睨《にら》み合っている。二人が顔合わせしたのを初めて見たのだが、知り合いだったのか？

「ところでオッパミスさん、あの件は考えていただけたのかしら」

「ラッミスですー。どれだけお金積まれても、ハッコンを譲《ゆず》る気はありません」

「あらあら。縦に頷《うなず》くだけで貴女が三世代に亘《わた》って浪費《ろうひ》しても使い尽《つ》くせない金額が、手に入りますのよ」

「ハッコンはお金に換《か》えられないからね。それに、私の所有物じゃないって前も言ったでしょ」

何とスオリは俺をラッミスから買い取ろうとしていたのか。そういうのは俺に直接交《こう》渉《しょう》するのが筋ってものだけど……話し合いは不可能か。それに、迷宮《めいきゅう》では魔道具は拾った者に権利があるそうだから、そう考えると正しい手筈《てはず》を踏んでいるのか。

「貴女、ハッコンさんを束縛《そくばく》しすぎではありませんか。毎日ちんちくりんで色気もない女と一緒にいるより、わらわの豪邸《ごうてい》で共に優雅《ゆうが》な時を過ごす方が、ハッコンさんも喜ばれるのではありませんか」

「ちんちくりんって、色気って……スオリちゃんには言われたくないかな」

ラッミスがわざとらしく豊満な胸を持ち上げるように腕を組んだ。それを見てスオリの表情が悪鬼《あっき》と化した。ゴゴゴゴと擬音《ぎおん》が背後から聞こえそうなぐらい、鬼気迫《せま》る表情で胸元を睨みつけている。

意外な一面を見たな。ラッミスがあんな小さな子と張り合うなんて。

「くううううぅ、悔《くや》しいですわっ！　でも、私は成長期！　将来に期待できますから。母様は貴女を上回っていますのよ！」

胸を張って言い切っている。身長というのは遺伝の影響《えいきょう》が大きいようだけど、胸の大きさはどうなのだろう。男なのでそういうのを気にしたことがなかったからな。

「おいたわしや、スオリ様」

うわっ、ビックリした。護衛の黒服チームの一人が近くにいたのか。俺には気づいていないようで、目元をハンカチで押さえながら二人のやり取りを見つめている。

「奥方様の豊かな胸が詰《つ》め物とは知らずに……」

あ、うん、そうか。突然変異《とつぜんへんい》とか隔世《かくせい》遺伝とかあるから、諦《あきら》めるんじゃないぞ。

しかし、何でこの黒服の男はスオリの母親が詰め物だと知っている。その方が問題じゃないのだろうか。

「ま、まあ、それはいいでしょう。オッパミスさん、一つ質問をしても宜《よろ》しいでしょうか？」

「ちゃんと名前を呼んでくれたら、考えてあげてもいいよ」

「くっ、わかりましたわ……ラッミスさん。ハッコンについて質問なのですが、ただの魔《ま》道具《どうぐ》ではありませんよね。一体どういう仕組みになっているので」

「うーん、それなんだけど、うちもよくわかんないの。ちゃんと話も通じるし、受け答えもしてくれるからね。たぶん、人間と変わらないよ、ハッコンは」

そんな風に考えてくれていたのか。確かに彼女は他《ほか》の人々と態度を変えずに俺に接してくれていたが、それは彼女の優しさだと思っていた。

そうか……ありがとうな、ラッミス。異世界に来てから一番嬉《うれ》しかった言葉かもしれない。

「教えてくれる気はありませんのね。まあいいでしょう。ハッコンを陥落《かんらく》させるのに時間とお金は惜《お》しみませんわ。じっくりとわらわの良さを知っていただくとしましょう。資産家であることと若さ故《ゆえ》の特権ですわね」

ラッミスも若いが流石にスオリには敵《かな》わないからな。でも、いくら時間とお金を注がれても、俺の気持ちが揺《ゆ》らぐことは無いだろう。

今は彼女の背が一番落ち着く場所なのだから。彼女から離れてゆかない限り、そこを譲る気はない。

「とーもーかーくー。ハッコンは今日いないの。帰った帰った」

「ふんっ、日を改めてきますわ。それまでハッコンは預けておきますので、綺麗《きれい》に磨《みが》き上げておいてくださいね。おほほほほほほ」

　捨て台詞《ぜりふ》を残してスオリが去っていく。その背に向かってラッミスが軽く手を振《ふ》っているな。さっきまで口論をしていたというのに口元が笑っている。

　彼女はスオリに合わせていただけであって、別に嫌《きら》っているわけではないということか。

「スオリちゃんはからかうと楽しいなぁ。でも、前はもっとつっけんどんだったのに、最近丸くなった気がする。もしかして、ハッコン効果だったりして……はぁぁ、ハッコンまだ帰ってこないのかな」

　現在夕方で熊《くま》会長との約束の時間は深夜までなので、まだまだ時間があるのだが寂《さび》しそうに俯《うつむ》いているラッミスを見ていると、心が痛む。今すぐにでも温かいミルクティーを差し出したくなる。

「ハッコン何しているのかな」

　小さく息を吐《は》いて天を仰《あお》ぐラッミスの横顔を見つめていると、いたたまれなくなり思わず――

「ありがとうございました」

擬態《ぎたい》を解いて、いつもの挨拶《あいさつ》を口にしていた。

声が届いたのだろう。途端《とたん》に表情が明るくなり、きょろきょろと辺りを見回し、俺を発見すると砂塵《さじん》を巻き上げながら突進してくる。

「ハッコン、いつからそこにいたの⁉」

地面を削《けず》りながら目前で止まると、両隣《りょうどなり》の壁を手刀で貫《つらぬ》きがしっと摑《つか》まれた。豪快《ごうかい》な再会だなラッミス。

若干《じゃっかん》、早まった気もするが、これ以上は彼女を一人にしておけなかった。

「もう、早く声かけてよ。今日はね、色んなことがあったんだよ。ハッコン聞いてくれる?」

もちろん。何が起こったのか全部知っているけど、ラッミスの口から直接聞きたいからね、返事は決まっている。

「いらっしゃいませ」

誘拐

Reborn as a Vending Machine, I Now Wander the Dungeon.

あ、どうも自動販売機《じどうはんばいき》です。只今《ただいま》、絶賛輸送中です。

荷猪車《にちょしゃ》の荷台に載《の》せられて揺られている最中《さなか》だったりするのは、まあ、いいとしても問題は、ここが何処《どこ》かって話なのだよな。

幌《ほろ》もない荷台の上にいるから周囲の風景がよく見える。丈《たけ》の長い雑草が生えた平原には時折、三本角の生えた鹿《しか》のような生き物が顔を出している。あれは魔物ではなく動物らしい。俺には動物と魔物の差がわからないのだが、ちゃんとした定義があるっぽい。

その他に見えるモノと言えば、御者《ぎょしゃ》席に二人の男が座っているな。年齢《ねんれい》は四十前後だろうか。特に印象に残らないタイプの顔だ。

で、この荷車の後を追うようにもう一台、荷猪車がついてきている。その荷台には六人のハンターっぽい格好をした一団がいる。俺を苦労して荷台に載せていた連中だよな。

ほんっと、今更《いまさら》なんだけど、もう少し怪しむべきだった。

早朝にやってきて、あいつらはずらっと前に並ぶと、俺に話しかけてきたのだ。

「ハンター協会の会長からの依頼《いらい》で、壁《かべ》付近の修復と補強を本格的に今日から始めることになりまして。ハッコンさんは暫《しばら》くそこで商売をして欲しいと言われていました」

丁度その時、自分の能力とポイントの計算、次に何を仕入れるか悩《なや》んでいたところだったので、二つ返事で「いらっしゃいませ」と伝えて、思考の海に深く沈《しず》んでいた。

今までは熊会長が直接伝えに来るか、ラッミスが代わりに伝えてくれるかの二択《たく》だったのだが、使いの者だけで話を通すこともあるだろうな程度の認識《にんしき》だった。

そして、疑いもせずに六人がかりで荷台に載せられたわけだ。ここでもう一つ大きな間《ま》違《ちが》いを犯《おか》した。車に乗っていて窓から心地《ここち》いい日差《さ》しが射し込む状況《じょうきょう》って眠《ねむ》くなるよね。俺は寝《ね》なくても大丈夫《だいじょうぶ》なのだが、人間時代の習慣でたまに眠りたくなるのだ。

俺は荷台の揺れと車輪が地面を転がる音を子守唄《こもりうた》代わりに、意識を閉じた。


で、こんな現状になっている訳ですわ。これって俺を誘拐《ゆうかい》したって事だよな。狙《ねら》いは中に詰まっている金貨、もしくは俺自身の価値を見込《みこ》んでのことだろう。

生命の危機は全く感じないが、一番困るのは俺が自力で動けないことだ。ここでどうにか、奴《やつ》らから逃《のが》れられたとしても、集落まで戻《もど》る方法が無い。この階層はかなり広いので、途中で捨てられたら誰《だれ》にも気づかれないで数年を過ごすという可能性も高い。まあ、先にポイントが尽《つ》きるだろうけど。

取り敢《あ》えず、前に防犯の一環《いっかん》として取得しておいた、自動販売機用防犯カメラで犯人たちの顔を記録しておこう。これで記録した映像はいつでも脳内で再生できるので、顔を忘れることはない。

二人ほど、見かけたことのある顔だな。最近頻繁《ひんぱん》に購入《こうにゅう》していた客だが、他の人に比べてやたらと熱心に商品を見ていた記憶《きおく》がある。

あとは……ん、ああ、こいつもいるのか。ザ小悪党のグゴイルがニヤニヤとこっちを見て笑っている。相変わらず、雑魚《ざこ》っぷりが半端《はんぱ》ない。

こいつの手筈で素行の悪い連中が組んだ、もしくは元々仲間だったってところか。だとしたら、何処かで降ろされて解体という流れかな。確か、グゴイルは俺の〈結界〉は知らない筈だ。ラッミスとケリオイル団長以外には見せていなかったと思う。

だとしたら〈結界〉は切り札として取っておくか。とはいえ、このまま集落から距離《きょり》が開けば開くほど、見つけてもらえる可能性が減るわけで。ど、どうしよう。ちょっと焦《あせ》ってきた。

よ、よし、落ち着く為《ため》にも能力の確認をしておこう。

《自動販売機　ハッコン》

耐久力《たいきゆう》　100／100
頑丈《がんじよう》　10
筋力　0
素早《すばや》さ　0
器用さ　0
魔力《まりよく》　0
PT　11346
〈機能〉保冷　保温　全方位視界確保　お湯出し（カップ麺《めん》対応モード）　2リットル対応　棒状キャンディー販売機　塗装《とそう》変化　箱形商品対応　自動販売機用防犯カメラ
〈加護〉結界

自動販売機としてはかなりの高性能だと自負しているが、異世界で活躍《かつやく》できる能力じゃないよな。

ポイントが1万を超《こ》えて浮《う》かれすぎていたのが、この現状を生み出した最大の要因だが悪いことばかりじゃない。これだけポイントがあれば〈結界〉を長時間維持《いじ》できるから、不幸中の幸いと思っておこう。修復も何度だって対応できる。

落ち着け、落ち着け。直《す》ぐにスクラップになるという流れにはならない。〈結界〉は一秒間に1ポイント消耗《しょうもう》する感じなので一分で60。一時間3600で済むじゃないか……やばいぞ、これ……。

1万ポイントもあればやりたい放題だと浮かれていた、過去の自分の電源を落としてやりたい気分だ。

そんなことを考えている間にも集落からどんどん遠ざかっていき、目が覚めてからかれこれ二時間が過ぎようとしている。

「おーい、一旦休憩《いったんきゅうけい》するぞ」

こちらの御者席にいた男が後ろに向かって叫《さけ》び、荷猪車が止まった。

後ろにつけていた荷猪車からも、ぞろぞろと降りてきている。で、こいつら俺を取り囲んでいるが、まさか大人しく飯を出すとでも思っているのか。

「じゃあ、飯にしようぜ。おい、ハッコン。てめえ意思があるなら、この状況は理解できているよな」

ザ小悪党が周りに仲間がいるからって調子に乗っているな。あの時の屈辱《くつじょく》を思い出しているのか、へらへらと笑いながら刃物《はもの》をちらつかせている。

「ただで、俺たちが食いたい物と飲み物を出しやがれ。逆らったらどうなるか、鉄の箱でもわかるよなぁ」

「ざんねん」

即答《そくとう》してやった。ここで挑発《ちょうはつ》することがどういう結果に繋《つな》がるか、わかっているが言わずにはいられなかった。

予想通り、グゴイルの顔に血が一気に巡《めぐ》り、赤く染まっている。こいつには忍耐《にんたい》の文字は無いのだろうか。

「てめえ、ぶっ壊《こわ》してやる！」

短剣《たんけん》をガラスに突《つ》き刺《さ》すが、表面に軽く傷が入った程度だ。

《1のダメージ。耐久力が1減りました》

たった1のダメージなのか、予想以上に貧弱《ひんじゃく》だな。カエル人間の方がよほど痛かった。

懲《こ》りずに何度も傷つけてくるが、合計で5しか減っていない。

「グゴイルやめろ。そいつは中身も目当てだが、それ自体にも商品価値があるのは説明しただろうがっ。意味もなく傷つけるな」

「は、はい。すみやせん……けっ、命拾いしたな」

理想的な捨て台詞《ぜりふ》だ。止めた奴は周囲と比べて一回り体が大きいな。あの両替商《りょうがえ》の女性と一緒《いっしょ》にいたゴッガイと呼ばれていた人に体格だけは似ている。

額に大きな刃物傷があるのが人相の悪さを増幅《ぞうふく》しているな。眉毛《まゆげ》と髪《かみ》の毛が無いのは剃《そ》っているのか生まれつきなのか。立派な口ひげが無ければ、門番のカリオスに結構似ているかもしれない。

「お前さんも、壊されたくないんだろ。だったら、ここは従った方が利口だと思うぜ」

この大男は、グゴイルよりかは理性的なようだ。確かにここで歯向かっても良いことは何もない。ここは従う振《ふ》りをして、状況を見極《みきわ》めるのが正解だろう。

「あた　ま　ざんねん」

なんてな。どうして俺を誘拐するような輩《やから》の言い分を聞かないといけない。ここでラッミスがいたら絶対に断っている。彼女と一緒にこれからも居たいのであれば、自分に恥《は》じるような生き方をするつもりはない。

「てめえは立場がわかっていねえみたいだな。おい、グゴイル。こいつは破損個所を自分で直せるって話だったな」

「へい、そうです。討伐《とうばつ》隊に参加した時も結構凹《へこ》んでいた筈なのに、綺麗《きれい》さっぱり元に戻っていやした」

「そうか、ならてめえら、壊さない程度に体にわからせてやれ」

これって痛覚があればそれなりに恐怖《きょうふ》を覚えるシチュエーションなのだが、自動販売機に脅《おど》しをかけて取り囲む屈強《くっきょう》な男たちって……高度なギャグか。

こちらのこともわかってないのに、無暗《むやみ》に傷つけて言うことを聞かせようという安易な発想。鉄の箱相手に馬鹿《ばか》なことをしているという自覚は無いのだろうな。

「謝るなら今の内だぜ。親分の許しが出たからには、容赦《ようしゃ》はしねえからな覚悟《かくご》しやがれ」

親分か。あれがトップでこいつらは全員子分なのか。とまあ、情報を得て冷静に現状を理解したところで、伝える術《すべ》がない。

《3のダメージ。耐久力が3減りました》

《2のダメージ。耐久力が2減りました》

本当に容赦なく手にした武器で殴《なぐ》ってくるな。このままやられっぱなしだと、いずれ破《は》壊《かい》されてしまう。だが〈結界〉はギリギリまで隠《かく》しておきたい。ここで修復したら、調子に乗って攻撃《こうげき》が増すだろう。どうすればいいのか、壊れる寸前まで放置して相手を焦《じ》らせるというのが正解だとは思うが……それは、こちらの腹の虫が治まらない。

加護にはポイントが足りない。機能にも目ぼしいものが無い。他《ほか》に俺は何かできないのだろうか。耐久力は減り続け、反撃《はんげき》の手段は無い。もう少し頑丈があったら、無傷で済んだかもしれないのに。

《1000ポイントを消費して頑丈を10増やしますか》

えっ、頑丈の項目《こうもく》を見ていたら文字が浮かび上がってきた。え、ステータスもポイントで強化できるのか!?

1000ポイントはかなり痛いが頑丈を上げたら、今受けているダメージが軽減できる。やる価値はあるよな。なら、上げてみるか。

《頑丈が20になりました》

実感はわかないがきっと硬《かた》くなったのだろう。それが本当かどうかはこれから嫌《いや》でもわかる。

《0のダメージ。耐久力が0減りました》

よっし、ダメージが無くなった。これで、耐久力はこのまま減った状態にしておけば、損傷を残したままになるので、奴らは効果があると勘違《かんちが》いしてくれるだろう。

相手が疲《つか》れ切るまで見物といくか。

肩《かた》で息をしながら殴り続けている奴らをよそに、ステータスの確認《かくにん》をしている。
頑丈が上げられたのなら、他の能力も上げることが可能なのだろうか。まずは、耐久力だ。
《1000ポイントを消費して耐久力を10増やしますか》
耐久力は上げられるのか。でも、消費ポイントの割には上昇《じょうしょう》率が低いよな。１００ぐらい耐久力が増えるなら迷わず上げるのだけど。他はどうなのだろう。
《10000ポイントを消費して筋力を10増やしますか》
《10000ポイントを消費して素早さを10増やしますか》
《10000ポイントを消費して器用さを10増やしますか》
一桁《ひとけた》多いだと……。筋力、素早さ、器用さは自動販売機《じどうはんばいき》に必要なステータスではないから、上げる予定もないけど無駄《むだ》に高いな。
もしも、筋力や素早さを上げたら、自動販売機を揺《ゆ》らしながら歩いたりできるのだろうか。可能であればかなり面白《おもしろ》いことになりそうだが。

魔力はどうやっても上がらないのか。魔法《まほう》自動販売機爆誕《ばくたん》とはいかないようだ。残念。

「おまえら、それぐらいにしておけ」

「へいっ」

あ、終わったんだ。耐久力が30ぐらい減ってから頑丈を上げたので、結構酷《ひど》い見た目になっていそうだな。

「おい、こいつ修復していないぞ」

「そ、そんなわけが。確かに前は直ったんです。この目でしかと見ました！　お、おい、てめえ。さっさと傷を直しやがれ！」

断る。俺はこのまま故障した振りを続けさせてもらおう。こいつらに飲み物を提供する気は微塵《みじん》も起こらな……あ、いや、気が変わった、飲み物を提供してやろう。

「グゴイル。これが壊れたら、わかっているだろうな」

「へ、へいっ！　お、おい、箱野郎《やろう》、さっさと傷を直しやがれ！　どうせ、動けない振りをしているだけだろ！」

焦《あせ》ってる焦ってる。まあ、傷は放置するが飲み物はやるから安心してくれ。

「お、親分！　商品が落ちてきやした！　ほ、ほら、壊れてはいませんぜ！」

人数分、飲料を落としてやったら喜んで拾っている。俺の優《やさ》しさに感謝するんだぞ。

「まあ、いいだろう。取り敢《あ》えず、一本どれでもいいからよこせ」

全員に飲料が配られたな。ほぼ同時にキャップを開け、俺に暴行を加えて汗《あせ》をかいていた奴《やつ》らは一気にそれを飲み込んだ。

「ぶうううううぅ」

「げはっ、ごほっ、な、なんだ⁉」

「くっそまじいぞこれ！」

俺の厳選したワースト10に選ばれしジュースの味はどうだ。自動販売機に新製品が並ぶと迷わず購入《こうにゅう》してきた俺は、大当たりを引くこともあれば、もちろん外れを引くこともある。

担当者は味覚音痴《おんち》じゃないのかと思わせる、信じられないぐらい不味《まず》い飲料というのは結構あったりする。軽いところでは、マヨネーズをかけて食べたら美味《おい》しい野菜に炭酸を混ぜ合わせたものや、日本料理で使われる香《かお》りの強い薬味に炭酸を……これって両方とも同じメーカーから出ているんだよな。

他にも常軌《じょうき》を逸《いっ》した組み合わせが結構存在していて、飲料メーカー業界の奥深さを見せつけてくれる。

「こいつ、本当に壊れたんじゃねえか？」

「まあいい。アジトに戻《もど》ってから、どうするか決めるぞ。万が一壊れていた時は、グゴイル、無事で済むと思うなよ」

「は、はひ」

親分に凄《すご》まれたグゴイルは顔面蒼白《そうはく》で今にも倒《たお》れそうだな。同情する気は全くないのでどうでもいいのだが。元々、こいつが吹《ふ》き込んだせいで、こうなっているのだから。

これ以上やると本当に壊れかねないと思ったのか、あれからはやけに丁寧《ていねい》に接してくれている。一段落ついたのはいいのだが、結局事態は何も好転していない。

アジトに着いたとして、そこからどうすればいいのか。これといった策が全く思いつかない。臨機応変にいくしかないか。本当にやばくなったら結界で抵抗《ていこう》しよう。

◆

あれからは揉《も》め事も商品を購入されることもなく、二時間程度で目的地にたどり着いた。

森の中の獣道《けものみち》を少しマシにした程度の砂利道《じゃりみち》を進むと、自然豊かなこの場所に不自然な建造物があった。それは壁《かべ》には大穴が空き、至る所が朽《く》ち果て崩壊《ほうかい》寸前の砦《とりで》。ハンター協会と比べるとかなり小さな規模だが、元々はしっかりとした砦だったのだろう。

放置されてからかなりの月日が流れているのか、蔦《つた》がそこら中に絡《から》みつき廃墟《はいきょ》探険したら楽しそうな所だ。

「お前らそいつを中に運べ。そのまま、あれに調べさせろ」

「わかりやしたが、あれが言うことを聞いてくれるとは思えませんが」

「その時は、お前の首が胴体《どうたい》から離《はな》れるだけだ」

「ひぃ、わ、わかりやした！」

ザ小悪党は、ザ下《した》っ端《ぱ》に格下げしておこう。しかし、あれって誰《だれ》のことなのだろうか。

あいつらの仲間というには信頼《しんらい》関係が無いようだが。

自動販売機である俺は寝《ね》かされ、六人がかりで運ばれて行きながらそんなことを思っていた。六人がかりで何とか運べる重量の俺を軽々と運ぶラッミスって、やっぱり規格外だよな。

強く衝撃《しょうげき》を与《あた》えたら蝶番《ちょうつがい》が外れそうな両開きの扉《とびら》を潜《くぐ》り、ボロボロの砦の中に侵入《しんにゅう》すると、中は思ったよりも小綺麗《こぎれい》だった。ホールらしき場所には手作り感満載《まんさい》の長机と椅子《いす》が数セット置いてある。

壁際《かべぎわ》の大きなソファーは古ぼけているが質は良さそうだ。床《ゆか》はこまめに掃除《そうじ》しているのか、埃《ほこり》が積もっていることもない。凶悪《きょうあく》な蛸《たこ》みたいな面《つら》をしているくせに綺麗好《きれいず》きなのだろうか。

そのままホールを抜《ぬ》け階段を上るのかと思えば、右隅《みぎすみ》の方にある鉄製の扉に向かっているようだ。軋《きし》みながら扉が開くと、その先は薄暗《うすぐら》く下りの階段があった。

　おみこし気分で階段を下り、更《さら》に奥へ進むとそこには金属鎧《よろい》を着込《きこ》んだ二人の見張らしき男がいて、閂《かんぬき》の刺《さ》さった扉を守っているようだ。まるで凶悪な囚人《しゅうじん》でも捕《と》らえていそうな警備状況《じょうきょう》だな。

「あれは大人しくしているのか」

「魔道具を与えたら、急に大人しくなって何やらガチャガチャやってるぞ」

「よくわからん女だ。まあ、これも与えておけば暴れる様なこともないだろうよ」

　悪党どもの会話に耳を傾《かたむ》けているが、ますます、この先にいる人物像がわからなくなってきた。

　閂を引き抜き、扉を開く際も見張りが手にした槍《やり》を構え警戒《けいかい》をしている。中にいるのは魔道具好きの野獣《やじゅう》か何かなのだろうか。

「おい、お前の好きそうなおもちゃを持ってきてやったぞ。これを解析《かいせき》して壊《こわ》れているようなら元に戻せ」

「ああんっ。てめえ、誰に生意気な口を利《き》いてやがる。糞《くそ》にも劣《おと》るてめえらが人様に命令してんじゃねえよっ！」

　どすの利いた声が部屋に充満《じゅうまん》する。ザ下っ端はその一言で意気消沈《しょうちん》したようで、文句の一つも言い返さずに、目を逸《そ》らしながら俺を部屋の隅《すみ》に置いた。

「こ、これがそいつの資料だ。よく目を通しておけよ」

「はっ、人と話す時は目を見て話せってママに習わなかったのか？　それとも、びびってんのか、こんなか弱い女の子によおおおぅ」

迫力《はくりょく》のあるヤンキー口調の女性をまじまじと見つめてしまう。その人は女性にしてはかなりの高身長で俺と同じか、ほんの少し劣るぐらいだ。

ミルクティーのような色合いの長い髪《かみ》を後ろで束ねているが、それは邪魔《じゃま》だからまとめただけのようで、毛が何本も飛び跳《は》ねている。

切れ長の目が細められ、訝《いぶか》し気に俺を睨《にら》んでいるな。薄《うす》いピンクの唇《くちびる》が「ちっ」と舌打ちをして、今にも唾《つば》を床に吐《は》き捨てそうだ。

元々は白だったのかもしれないが、今は茶色と黒がまだらに配色された全身に張りつくような服を着込んでいる。その上から黒のコートを羽織っているのかと思ったのだが、よく見るとあれって白衣を黒く染めているのか。前を開け放ち、体に張りつくような服を着ているせいで体形がもろにわかってしまう。

胸元《むなもと》は思わず二度見してしまう程《ほど》、何もない。膨《ふく》らみが殆《ほとん》どない。

あれだな、高身長に険しい顔に貧乳《ひんにゅう》。ラッミスと正反対だ。

「あーんっ！　あいつらこれを置いて逃《に》げやがった。逃げ足だけは、一丁前《いっちょまえ》な奴らだ。でこれは何なんだ。資料とか何とか言ってやがったが」

地面に置かれた紙の束を面倒《めんどう》そうに拾うと、目を通している。この口の悪い女性はあまり関わらない方が良い人種に思える。このまま、無害な鉄の塊（かたまり）の振り（ふ）をしていた方がいいような気がしてならない。

「おう、あんた意思のある魔道具ってのは本当かい？」

資料にそんなことが記載《きさい》されているのか。ここでとぼけても無駄っぽいな。口は悪いが、あいつらとは仲が悪いようだから、敵の敵は味方って言うし。んー、反応に迷うな。

「あー、もしかして、アイツらの仲間と思われて警戒されているのか。オレはアイツらに拉致《らち》されて、ここに閉じ込められている被害者《ひがいしゃ》だ。こう見えてもオレはそれなりに有名な魔道具技師でな。お前さんを調べる為《ため》に連れてこられたみたいだぜ」

その話が本当なら、彼女は俺のせいでこんな境遇《きょうぐう》に陥《おちい》っているってことになる。このまま、ただの自動販売機の振りをするのは、あまりにも卑怯《ひきょう》だな。

「いらっしゃいませ」

「おっ、マジで話せるのか！　うおおおっ、言葉を理解して口にする魔道具だなんて、初めてお目にかかるぜ。捕《つか》まるのも悪いことばかりじゃねえな」

細目が大きく見開かれ、さっきまでの気だるそうな態度は霧散《むさん》し、鼻息荒《あら》く俺に近づいて隅から隅まで観察している。

「幾《いく》つか質問しても構わねえか？」

「いらっしゃいませ」

「それは、はいって意味だと資料に書いていたな。じゃあ、質問……と、すまねえ。まずは名乗っとくのが礼儀《れいぎ》か。オレの名前はヒュールミってんだ」

えっ、その名前聞き覚えがあるぞ。まさか、こんなところでラッミスよりも早く会うことになるとは。ラッミスが俺に会わせようとしていた、友人の魔道具《まどうぐ》技師ヒュールミが彼女なのか。

魔道具技師ヒュールミ

Reborn as a
Vending Machine,
I Now Wander the
Dungeon.

「ざっと資料に目を通させてもらったが、いらっしゃいませ、と、ざんねんで意思の疎通（そつう）が可能ってのは本当か」

「いらっしゃいませ」

「なるほど。人と同じ知能を成立させた魔道具というのは、今まで聞いたことが無い。だが、人語を理解し話す武具というのは実は珍しくないってのは知っているか」

「ざんねん」

こうやって説明をしている時は、知的な感じがして口調も少し柔らかくなるのか。

「書物にも結構残っているんだぜ、そういうの。知恵ある武器って呼ばれた事もあったそうだ。だが、そういった武器は使用者か特定の人物にしか声が聞こえず、周囲からは妄想（もうそう）で戯言（たわごと）を話していると理解されていたようでな。それに知恵ある武器は製作者が不明で、そういった事情も信憑性（しんぴょうせい）を無くした要因の一つだ」

そういやゲームや小説でそういう設定の武器を何度か見た経験がある。この異世界でも

同じような武具があったということか。

「オレも魔道具技師の端《はし》くれだからな。魔道具に知能を持たせられないかと、何度も実験をしてみたが……結論としては今の技術力では不可能という答えにたどり着いた。そこでオレは発想を変えてみた。人が生み出した人工生命体ではなく、人の魂《たましい》が宿ったのではないか、ってな」

なんと、単独でその答えを導き出したのかこの人は。彼女なら俺の正体にも気づいてくれるのではないか。そんな期待を秘《ひ》めたまま会話に集中する。

「魂を封印《ふういん》するというのは昔から魔法や加護を使用して行われてきた。基本的には死者の魂を一時的に身体《からだ》に降ろす場合や、死体を操《あやつ》る邪法《じゃほう》で何者かの魂を一時的に降ろし死者を操るとかな。んっ、ああっ、すまんちょっと水を……」

安っぽく錆《さ》びた水入れからコップに注《つ》ごうとしている。そんなことしないでも、俺がおごるよ。何がいいかな、髪色と同じ温かいミルクティーにするか。ここは地下で少し肌寒《はだざむ》いし、温かい物がいいだろう。

「ん、何か音が。ってこれはお前さんの商品の一つか。もらってもいいのか」

「いらっしゃいませ」

「そうか、すまんな。遠慮《えんりょ》なくもらうぞ……ん、くはぁぁ、疲《つか》れ切った頭に糖分が嬉《うれ》しいぜ。それにこの丁度いい温かさ。やるな、あんた」

お、表情が緩《ゆる》むとイメージがガラッと変わる。無邪気《むじゃき》で純粋《じゅんすい》な少女のような笑顔《えがお》だ。間違《まちが》
「人心地《ひとごこち》つけたぜ、ありがとう。でだ、お前さんは名前ハッコンって書いてあるが、間違いないか」

「いらっしゃいませ」

「じゃあハッコン。もしかして、人間の魂がこの魔道具に宿った存在なのか？」

その質問が投げかけられる日が来るとは。まともに話せない状態でラッミスという、心を通わせる存在が現れただけでも幸運だと思っていたのに、俺の現状に気づいてくれる人まで。

「いらっしゃいませ」

気持ちハッキリと音量大きめで返事をする。

「やはりそうか！　オレの考察力も捨てたもんじゃねえな！　おー、そうかそうか。よろしくな、ハッコン」

「ありがとうございました」

本当に嬉しい。この事に気付いてくれた人がラッミスの友人であるというのは妙《みょう》な縁《えん》だが、親しくしている人は基本みんな良い人ばかりだからな。偶然《ぐうぜん》かとも思っていたが、彼女の魅力《みりょく》が引き寄せた結果なら、これは必然なのかもしれない。

「俺が今から資料の情報を参考に推測を口に出すから、間違っていたらガンガン突《つ》っ込ん

でくれよな。ハッコンは主《あるじ》が存在する魔道具である」

「ざんねん」

　自動販売機のオーナーは存在しないよな。強《し》いて言うなら神様かもしれないが。

「おっ、いねえのか。じゃあ、人だった頃《ころ》の記憶《きおく》はあるのか？」

「いらっしゃいませ」

「そうなのか。へえ、なるほどな。で、一番の疑問なんだが。商品を補充《ほじゅう》しているわけでもないのに、中身が尽《つ》きることがない。おそらく空間魔法や能力の一種で、別空間に保管庫が存在して、そこから引っ張り出していると考えているが、どうだ」

　ある意味正しいが、正解でもないよな。俺自身、仕組みを全く理解していないし。

「いらっしゃいませ　ざんねん」

「完全に間違いではないってことか。となると、商品の金額に絡《から》んできているのか。主がいなければ、魔道具であるあんたが金を集めたところで使い道が無い。商品を売るという目的だけなら、値段をもっと下げてもいい筈《はず》だ。なのに、少し割高にも思える価格設定。つまり、金がハッコンにとって重要な役割を担《にな》っている」

「いらっしゃいませ　いらっしゃいませ」

　ヒュールミは凄《すご》いな。ラッミスは性格の良さと勘《かん》で言い当てる感じだったが、彼女は少ない情報から正しい答えを導き出している。

「大正解ってところか。方法はわからないが手に入れた金銭を利用して、商品を購入《こうにゅう》している、どうよ」

「いらっしゃいませ」

「ってことは、商品の購入に結構な金が必要となるのか」

「ざんねん」

商品購入だけなら売値は10分の1でも元は取れるのだが、他《ほか》の機能や加護、そして生命維持《いじ》にもポイントは必須《ひっす》だからな。

「違うのか。じゃあ、こんなに高く設定してお金を得る必要性はないよな……他に金の使い道があるということか」

「いらっしゃいませ」

これは実際に見せた方が早そうだな。一番わかり易《やす》いフォルムチェンジである、あのキャンディー販売《はんばい》モードに機体を変更《へんこう》した。

「おおおおっ、なんだ！　光が……おいおい、またガラッと変わりやがったな」

円柱形のキャンディー販売モードになると、ヒュールミがペタペタと体を触《さわ》ってくる。これ触感《しょっかん》があれば変な気分になりそうだ。

「この透明《とうめい》な部分はガラスのようでそうではないのか、興味深いぜ。ここに硬貨《こうか》を入れると中身が取り出せるようになっているのか。商品そのものが見えることにより、購買《こうばい》意欲を高める効果がある……スゲエな！」

的確なコメントだ。他の異世界人とは見る目が全然違う。

「っとすまん。興奮しすぎて、話が脱線《だっせん》しちまったぜ。つまり、ハッコンは貯め込んだ金を使ってこんな感じで体型の変化が可能になる……いや、機能そのものを変化させられるってことか」

「いらっしゃいませ」

正解を引き当ててくれたので、キャンディーを一つ落としておいた。後で食べてくれ。

「お、ありがたく、もらっておくぜ」

拾ったのを確認《かくにん》してから、いつもの自動販売機《じどうはんばいき》に戻《もど》っておく。キャンディー販売モードも嫌《きら》いじゃないのだが、少し落ち着かないのだ。

「あと、知っておきたいことは……あれだ、お前さん体の変化と商品の変更以外で、何か他にも出来ることはあるのか？」

「いらっしゃいませ」

加護の〈結界〉があるからな。ラッミスの友人である彼女になら教えても大丈夫《だいじょうぶ》だろう。

「へえー、まだ秘密があるってのか。それをオレに見せてもらうことは可能か？」

「いらっしゃいませ」

「そりゃ楽しみだ。じゃあ、見せてくれよ」

それは構わないのだが、ちょっと近すぎるな。ここで結界を使用したら彼女を吹《ふ》き飛ばしてしまう。少し離《はな》れてもらうにはどうしたらいい。離れてくれー離れてくれー、取りあえず念を飛ばしてみた。

「ん？　見せてくれないのか。あ、すまん、もしかして危険なのか。少し離れて……どうだこれで」

「いらっしゃいませ」

これって俺の思いが通じた訳じゃなく、ヒュールミの察しが良いだけだな。

充分《じゅうぶん》に距離《きょり》を取ってくれたから、大丈夫か。近くに小さな机があるけど物は載《の》ってないから、吹き飛ばしても問題ないか。

では〈結界〉を発動させよう。

青い光が俺の周りに発生する。自分から1メートル離れた場所に青い半透明《はんとうめい》の壁《かべ》が現れ、取り囲んでいる。

「おっ、何だこれ。近くにあった机が押し出されるようにして吹き飛んだ。つまり、障《しょう》壁《へき》のようなものか。これ触っても大丈夫か？」

「いらっしゃいませ」

基本的には物凄《ものすご》く硬《かた》い壁なだけだから、触る分には何の問題もない。

物怖《ものお》じすることなく指で突き、手の平を当てて触感を確かめ、カップに水を注ぎ指で滴《しずく》を飛ばしては、結界に弾《はじ》かれるさまを興味深く観察している。

「頑丈《がんじょう》な壁のような手触《てざわ》りだな。強度もなかなかありそうだ」

壁をペタペタ触っている姿を見ていたら、悪戯心《いたずらごころ》が芽生えてしまった。ちょっと、驚《おどろ》かせてみるか。

結界の中にヒュールミが入ることを許可する。

「どの程度の衝撃《しょうげき》まで耐《た》えられるか、試《ため》し――ふへぇ？　きゃあああっ！」

両手で押している最中《さなか》だったので、彼女の手が勢いよく結界を通り抜《ぬ》け、俺の体に触《ふ》れる。勢い余って俺の体に身を預けるような形になってしまった。

俺が生身の人間ならラッキーなことなのかもしれないが、自動販売機の胸に飛び込む女性の姿って客観的に見たら、ただのおかしな人だよな……。

「ど、どういうことだ。体が青い壁の中に入れた。これを解除したわけじゃなく、オレだけ入ることを許可されたのか。出入りを自在に選べる強固な壁。何処《どこ》かで聞いたことあるぞ……あー何処だったか、確か、あれは帝国《ていこく》で……おっ、そうだ！　結界、結界だ！　加護の一つにこれと似た希少な能力が存在した筈だ！」

「いらっしゃいませ」

しかし、驚くほど物知りだなヒュールミは。ラッミスが会わせたがっていた理由がよくわかるよ。

「ハッコンはすげえな。多種多様な商品を取り扱《あつか》い、体や機能の変更も可能。そして、加護まで扱えるなんて、魔道具の範疇《はんちゅう》を超越《ちょうえつ》しているぞ」

褒《ほ》めてもらって嬉しいが、これは俺の実力でもなんでもない。ただ優秀《ゆうしゅう》な自動販売機の体を貰《もら》っただけだ。本当に誇《ほこ》っていいのは彼女の知識量だろう。それは自分の力で得たものなのだから。

それから、俺はありとあらゆる質問に応《こた》え、それは彼女が満足する夜中まで続けられた。

知的好奇心《こうきしん》が満たされ、満足げな彼女の手には栄養ドリンクが握《にぎ》られている。興奮しすぎて倒《たお》れそうだったので、その対策として商品の追加をしておいた。

それも、かなり値が張る商品なので効果はてきめんで、飲んだ途端《とたん》に凄く元気になっていた。本当に高い栄養ドリンクは即効性《そっこうせい》で効き目が表れる。栄養価が高いので風邪《かぜ》を引いたときによくお世話になっていたな。

それでも、彼女はそろそろ限界っぽいので眠《ねむ》ることにしたようで、俺から少し離れた場所の長机の上で仰向《あおむ》けに寝《ね》そべり、ぼろ布を被《かぶ》ると、あっという間に眠りに落ちた。何と男らしい。

荒《あら》くれ者の犯罪者集団の中でこんな無防備な姿を晒《さら》したら危険だよな。豪快《ごうかい》というか、何というか。今日は寝ずの番をしておかないと。

欲望を満たす方法

高いびきを立てて熟睡《じゆくすい》している彼女をぼーっと眺《なが》めながら、これからのことを考えている。

ヒュールミは味方だと思って間違《まちが》いはない。彼女は一応、俺の謎《なぞ》を解き明かすまでは命の保障はされているようなので、今すぐに殺される心配はないようだ。

ラッミスの話だと放浪癖《ほうろうへき》がある人なので、行方《ゆくえ》不明になっても心配されるどころか、気づかれていない可能性が高い。彼女の捜索《そうさく》に誰《だれ》かが来るという期待は避《さ》けた方が良い。

となると俺がいなくなったことに気づいているだろうから、熊《くま》会長が捜索隊を出してくれていることを祈《いの》るしかない。ラッミスが心配をし過ぎて、無茶してないといいのだけれど。

集落の復興にはラッミスもそうだが、俺も結構貢献《こうけん》していると思う。俺がいなくなれば集落の損失に繋《つな》がり、復興作業が遅《おく》れる……と都合のいい解釈《かいしやく》をしてくれないだろうか。

そんなことを考えていると、深夜の静寂《せいじやく》に包まれた部屋に、カチャリと小さな音が流れた。音のした方向に視線を向けると、ドアノブが回って扉《とびら》が徐々《じょじょ》に開いていく。やはり、きやがったか。

「おい、まじでやるのか」

「お前らだって溜《た》まってるんだろうが、嫌《いや》なら帰っていいんだぜ」

「い、いや、でもなぁ、あれ寸胴《ずんどう》でひょろ長いだけで薄汚《うすよご》れてやがるし、色気もへったくれもねえぞ」

「穴がありゃ構わねえよ」

「親分からの手を出すなって命令はどうすんだ」

「んなもん、刃物《はもの》をちらつかせて、脅《おど》しておけば黙《だま》る」

小声で下種《げす》な会話をしているな。人数は三人か。ザ下《した》っ端《ぱ》のグゴイルは参加していない。今日散々、親分から脅されていたから自重したとかいうオチだろう。

最大音量で「いらっしゃいませ」と叫《さけ》んで騒《さわ》ぎを起こすのもありだが、地下室は防音性が高いのが定番なので正直効き目があるか疑わしい。ここって牢屋《ろうや》を改良した感じがするし。

それに驚かせたことで、混乱した奴《やつ》らにヒュールミが傷つけられる恐《おそ》れがある。俺を黙らす為《ため》に死《し》に物狂《ものぐる》いで壊《こわ》しにかかる可能性だってあるよな。

だとしたら、どうしたらいい。あいつらはじりじりと彼女に近づき値踏《ねぶ》みしているのか、全身を舐《な》め回すように視線を這《は》わしている。

　時間が無い。あれを試してみるか。

「お、おい、ちょっと待て。あの魔道具《まどうぐ》の箱が光っているぞ」

　彼女の肌《はだ》に触れる直前、一人が慌《あわ》てて仲間の背を叩《たた》きこっちを凝視《ぎようし》している。

「え、な、なんだ。商品が入れ替《か》わって……いや、形も変化しているぞ」

「こ、こいつは、すっげえぞ！　精密な女の裸《はだか》が描《か》いてあるっ。こっちは色っぽい下着姿で誘惑《ゆうわく》してやがるぜ。なんちゅうエロい体つきしてやがる」

　三人とも俺の体に張りつき、ガラス越《ご》しに雑誌を凝視している——俗《ぞく》に言うエロ本を。

　最近ではネットの普及《ふきゆう》により見かけることも減った、エロ本を置いている自動販売機だが、それでも今なおひっそりと生息しているのを俺は知っている。

　さあ、ここからが本番だ。取り出し口に六冊、俺が厳選したエロ本を落とす。

「おい、商品が落ちてきたぞっ」

「マジか、ちょっと見せてくれ」

「俺も俺もっ」

　くはははは、喰《く》らいついておるわ。日本のエロに対する気合の入り具合は尋常《じんじよう》ではない。特に自動販売機で売られている、その類《たぐ》いの本は中を確かめることができないので、表紙でどうやって客を釣《つ》るか、そこが重要なのだ。

ポーズやアングルも計算し尽《つ》くされている。性風俗《せいふうぞく》が発達していない異世界人がそんなエロ本を見たらどうなるか。

そして、渡《わた》した本は俺が今まで買ってきた中でも選別され、自信を持ってお届けできる内容の雑誌だ。この類いは中身が酷《ひど》い作品も多いので何度騙《だま》されてきたことかっ。

あ、いや。俺は自動販売機《じどうはんばいき》マニアだから、そういうものに興味があったわけじゃなく、あくまでコレクションの一環《いっかん》として購入《こうにゅう》しただけなのだが。決して、夜中に家を抜け出し、周辺に人がいないのを確認《かくにん》してから買ったわけじゃない。

最近はネットがあるので、人々は労せずに性欲を満たすことが可能となった。自分だって利用しているのでとやかく言う権利は無いのかもしれないが、あえて言わせてもらいたい。

苦労して得たエロは、クリック一つで手に入れたものとは価値が違う！　例え、中身が表紙と全く違うチープな物だったとしても、何度も期待を裏切られたとしても、それは確かな思い出となり、その身に宿るのだと！

……これこそ、以前、性風俗を取り仕切っているシャーリィさんに相談されて、対策の一つとして俺が考えていた手の一つだ。まあ、結局はこのモードにならなかったのだが。

何と言うか、自分の性癖《せいへき》を集落中に広めるようなものだからな。

「うぉ、この精密な絵はどうなってんだ。これスゲエな、たまんねえぞ」

「な、なんだ、この爆乳《ばくにゅう》。え、こんなやりかたが」

「マジか、マジか、マジか」

　性に目覚めたばかりの中学生も若干《じゃっかん》引くレベルの喰《く》い付きだ。完全にヒュールミの存在を忘れて読みふけっている。

　ここまでは想定通りだ。問題はここからか。

「お、俺は襲《おそ》うのやめるぜ。ちょっと用事を思い出した」

「き、奇遇《きぐう》だな。俺も腹がいてえからやめとくわ」

「じゃ、じゃあ、帰るか」

　全員が何故《なぜ》か前屈《まえかが》みになって、両手に一冊ずつ雑誌を握りしめたまま部屋から出て行った。興奮してヒュールミに襲い掛《か》かることも考慮《こうりょ》していたのだが、性的好奇心が勝《まさ》ったようだ。

　危険を冒《おか》して彼女を襲うよりも、これで欲求を満たした方がいいと判断したのだろう。見たこともない妖艶《ようえん》な女性の欲望を誘発《ゆうはつ》する格好や、絡《から》み合う写真はそれだけ衝撃的だったのか。

　雑誌の被写体《ひしゃたい》の人って異様にスタイルが良くて顔も美人だからな。最近の画像加工技術は凄《すご》いなとか興醒《きょうざ》めする意見を口にしてはいけない。

　こういうのはどういった方法でも発散さえしてしまえば、凶暴《きょうぼう》さは鳴りを潜《ひそ》める。

悪い方向に事が進んで、彼女が襲われることになったら、騒音《そうおん》と結界でどうにかするつもりではいたが、上手《うま》くいって良かったよ。

扉が閉まり、奴らが姿を消す。ヒュールミは自分が襲われそうになったことも知らずに、爆睡《ばくすい》中だ。これで暫《しばら》くあいつらが大人しくしてくれるなら、無駄《むだ》な争いをしないで済むのだが。

自力で逃《に》げ出すことができない俺は出来ることが余りに少なすぎる。彼女が俺を担《かつ》いで運ぶのはどう考えても無理だろう。ラッミスでなければ単独で運ぶのは不可能。いなくなって初めてわかる、彼女の大切さ。ってこれじゃあ、別れたばかりの恋人《こいびと》のようだな。

結局俺に出来ることは時間稼《かせ》ぎと邪魔《じゃま》ぐらいか。加護を得るにはポイントが全然足りていない。となると機能に託《たく》すしかない訳だが、もう一度目を通しておくか。

残ったポイントと照らし合わせて、何を得るべきかそれを考えている内に結構な時間が過ぎていたようで、ヒュールミが目を覚ました。

「ふあああああぁぁ。はぁ、よく寝たぜ。うぃーっす、ハッコン」

ぼさぼさの頭を無造作に掻《か》き毟《むし》りながら、俺に向かって片手を上げている。寝起きで着衣が乱れているのだが、色っぽいというよりだらしないが圧勝している。

体を仰《の》け反らせて関節を伸《の》ばしているのだが、反っているのに胸のふくらみが皆無《かいむ》だ。実は男性というオチはないだろうな。言動だけなら完璧《かんぺき》に男なのだが。

「んじゃ、今日は何すっか。お前さんの機能も調べたいとこだが」

話している最中《さなか》に大きな腹の音が鳴り、ヒュールミが頬《ほお》を指で掻いている。

「わりぃ。食事に変な物でも入れられてないか警戒《けいかい》して、少量しか口にしてなかったからな。無茶苦茶腹減ってたんだった」

そうなのか。なら、俺からご馳走《ちそう》しよう。さっきから手足を擦《こす》っているってことは、かなり冷え込んでいるのか。ならカップ麺《めん》と言いたいところだが、そんなにお腹空《なかす》いているなら直《す》ぐに食べられるおでんを先にしよう。

おでん缶《かん》をまず落とし、それを受け取ったので、今度はカップ麺を提供した。

「これはあったけえな。完全に密封《みっぷう》された容器なのか……ここを曲げて引っ張ると、うおおおっ、これはたまんねえ。うまそうな匂《にお》いだぜ」

がつがつと豪快な食べっぷりで一気におでんを食べきり、汁《しる》も飲み干すと今度はカップ麺に取り掛かるようだ。お湯の使い方に戸惑《とまど》っていたが、何とかお湯を注ぐと机の上で胡坐《あぐら》をかいて、鼻歌交じりに出来上がるのを待っている。

何度か蓋《ふた》を開けて、麺を突《つつ》いては状態を確かめ、また閉じるのを繰《く》り返している姿は子供のようだ。カップ麺もあっさりと平らげ、まだ物足りなそうにしていたので、新商品の缶に入ったパンを試食してもらうことにした。

「筒《つつ》の中にふわふわのこれは……パンかっ！　こんなもんまであったら、食堂ぶっ潰《つぶ》れるぞ。これもマジでうめえな、ふっかふかじゃねえか」

お世辞にも上品な食べ方とは言えないが、あれだけ美味《おい》しそうに食べてくれたら、見ているこっちが嬉《うれ》しくなる。

彼女の腹が満たされたようで、膨《ふく》らんだ腹を擦《さす》りながら、カップ麺についていたフォークを爪楊枝《つまようじ》代わりにして寛《くつろ》いでいた。

その時だ、ガチャリと扉が開き、厳《いか》つい顔の親分と呼ばれていた男が顔を出した。

「起きているようだな。その箱について何かわかったか」

「ああんっ、何でてめえの指図を受けねえといけねえんだよっ！」

誘拐《ゆうかい》された状況《じょうきょう》で、強面《こわもて》の大男にガンを飛ばすヒュールミの神経はどうなっているのだろうか。怯《おび》えなど微塵《みじん》も見せていない。心臓が鋼鉄でできていても不思議じゃない。

「いい根性《こんじょう》してやがるな。この団に入るなら好待遇《たいぐう》で迎《むか》え入れてやるぜ」

「生憎《あいにく》、悪党に従う気も、養ってもらう気もねえよ」

「おいおい、強がりは程々《ほどほど》にしろよ。お前さんの仲間と同じ目にあいたいのか」

「けっ、あいつらは仲間じゃねえよ。護衛で雇《やと》っただけの関係だからな」

護衛を雇っていたのか。まあ、当たり前だな。どう見ても体を鍛《きた》えていなそうな彼女が、一人で魔物《まもの》がうろつく階層を探索《たんさく》しているわけがない。

「だがな、金で雇った奴らとはいえ、殺したてめえらを許す気はねえぜっ！」

「はっ、非力な女一人で何が出来る。俺は辛抱強《しんぼうづよ》い方じゃねえ。そうだな、あと二日以内に、この箱を修理するか、中から金貨を取り出せ。いいな」

親分がそれだけを伝えると、ここから立ち去った。

ヒュールミは首を親指で搔っ切る動作をしてから、舌を出している。

猶予《ゆうよ》は二日か。それまでに打開策を講じるか、何かしらの進展がなければ彼女は殺されるか、死ぬよりも辛《つら》い目にあわされるだろう。何とかしないと。

居場所

Reborn as a Vending Machine, I Now Wander the Dungeon.

これといった打開策が思いつかないまま、ここに来てから二日目の夜を迎えた。あいつらは俺が壊れていると思っているらしく、一度も商品を購入しようとしていない。

エロ本を与《あた》えた三名は、あれから一度だけやってきて、チラチラと俺を横目で気にしていたようだが。三人組は俺が変身したことも、ただで雑誌を手に入れたことも周囲に話してないようだ。たぶん、他《ほか》の奴らに話したら自分たちがヒュールミを襲おうとしたのが広まって、親分の耳に届くのを嫌《きら》ってのことだろう。

もしくは、あの雑誌を没収《ぼっしゅう》されることを恐れたのかもしれないな。

ヒュールミは俺と会話をしながらマイペースで分析《ぶんせき》をしている。これは親分に伝える為ではなく、純粋《じゅんすい》に学術的興味からやっているだけのようだ。

あいつらは一応、朝晩と飯の差し入れはしているのだが、彼女はその全《すべ》てを部屋の隅《すみ》に置いてある樽《たる》の中に放《ほう》り込んで蓋をしていた。食事は全て俺が提供した物で賄《まかな》っているので、あんな不味《まず》そうなものを食べる必要はない。

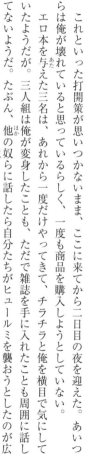

ちなみに今日の晩御飯《ばんごはん》はカップ麵二種類と成型ポテトチップスだった。新たに新商品を仕入れようかとも思ったのだが、この現状でポイントは貴重だ。万が一に備えて、少しでも残しておくべきだと判断した。

「くはあぁ。今日もゴチでした。いやあ、お前さんの料理はスゲエな。研究ばっかやってきたオレじゃ、足元にも及《およ》ばないぜ」

俺が凄いんじゃなくて、メーカーさんの実力なんだけどね。

二日間、腹いっぱい食事をしているおかげなのか、肌艶《はだつや》が良くなってきたな。頰も心なしか肉がついてきた気がする。それでも瘦《や》せ型なのだが、当初よりも魅力《みりょく》的に見えるな。ぼさぼさだった髪《かみ》も今は指通りの滑《なめ》らかな、理想的な髪に変貌《へんぼう》しているし。これは俺が本来冷たいペットボトルの水を温めて提供して、更《さら》にホテルやスーパー銭湯に置いてある自販機のシャンプーやトリートメントを使った成果だ。もちろん、タオルも渡してある。

「ふーぅ、さっぱりしたぜ」

自動販売機である俺のことは全く意識せずに、上半身を晒《さら》し、頭を洗って体を拭《ふ》いたヒュールミが満足げに瓶《びん》に入ったコーヒー牛乳を飲み干している。

風呂《ふろ》上がりはコーヒー牛乳。これを譲《ゆず》る気はない。改めて黒衣を脱《ぬ》いでいる彼女の姿を観察してみるが、上半身は残念だが下半身は女性的魅力に溢《あふ》れていた。安産型か……深い意味は無いけど。

普通《ふつう》の男性なら興奮する場面なのだろうが、自動販売機になってから、そういった感情が薄《うす》れている気がする。発散の仕方がないので都合はいい。

ヒュールミは余裕《よゆう》な振《ふ》りをしているが、タイムリミットは明日《あした》の朝。逃げ出すなら今日の夜が最後のチャンスだろう。俺があいつらの注意を引きつけて、その隙《すき》に彼女を逃がす。これが最良の策だとは思うのだが、それを伝える術がない。

何だろうこの自動的コミュ障は。こうなったら籠城《ろうじょう》戦もありな気がするな……俺をどうにか扉《とびら》の前まで運ぶことが出来たら、扉を開けるのがかなり困難になる筈《はず》だ。食料は俺が出せるし、一週間ぐらいなら余裕で耐《た》えられる。

そうなると、どうやって彼女が俺を扉まで運ぶかという難題が、立ち塞《ふさ》がってくるんだよな。

「まあ、なるようにしかならねえか。ハッコンはあんま気にすんなよ！　あんたの価値をあいつらに説明して、時間をかけたら直せると説得すれば、バカだから騙《だま》されるって！」

体を拭き終わりさっぱりとした彼女は今まで着ていた服を脱ぎ、俺が用意しておいた下着と男性サイズのＴシャツを着込《きこ》んでいる。

ああ、下着の上からだぼだぼのＴシャツ。日本で一度は叶《かな》えたかったシチュエーションをまさか異世界で経験できるとは。転生してみるもんだな。

この下着とＴシャツはもちろん自動販売機で購入《こうにゅう》した物だ。あ、女性用の下着は間違《まちが》えて購入した物だということを強調しておきたい。強調しておきたい。

「このままじゃ流石《さすが》に寒いな、これ着ておくか」

さっぱりしたところに、あの着古した黒衣を羽織るのか。下着やシャツの自動販売機は購入経験があるのだが、生憎《あいにく》パジャマは見たことがない。たぶん、探せばあると思うが俺もマニアとして未熟だったということだ。

毛布や布団《ふとん》の自動販売機は見たことがないし、あったとしても衝動買《しょうどうが》いをするには大きすぎる。となると、バスタオルを多めに出しておこう。これはスーパー銭湯やホテルでよく見かけるグッズだ。

「こんなに真っ白で綺麗《きれい》なのは使うの気が引けるな」

遠慮《えんりょ》なく使って欲しい。そのままじゃ風邪《かぜ》ひくよ。これから何が起こるかわからない。最後まで諦《あきら》めずに万全《ばんぜん》の態勢を整えておかないとな。

「ハッコン、ちと真面目《まじめ》な話をしても構わねえか？」

「いらっしゃいませ」

彼女が俺の前まで来るとバスタオルを一枚地面に敷《し》いて、そこに座り込み胡坐をかく。そんな格好をすれば下着が丸見えなのだが、お構いなしだ。まあ、自動販売機を相手に照れる方がおかしな話か。

「もしかして、自分が犠牲《ぎせい》になってでもオレを逃がそうってつもりなら無駄だぜ。外まで逃げられたとしても、魔物がそこら中にわんさかいる地帯を、戦闘《せんとう》技能が無いオレが生き延びられると思うか？」

　俺の考えは読まれていたのか。イエス、ノーだけの意思表示だったが、彼女とはこの二日、かなり話をしていたからな。元々頭のいい人だから、俺の単純な思考回路を読むぐらいのことはやってのけるか。

「ざんねん」

「だろ。だから、逃《に》げ出しても無駄《むだ》だ。何とか時間を稼《かせ》いで、千載一遇《せんざいいちぐう》の好機を待つしかねえ。ハッコンからしてみれば、かなり無謀《むぼう》な女に見えてんだろ。大して強くもねえくせに態度だけはデカい命知らずだってな。別に死ぬのは怖《こわ》くねえんだぜ。いや、そういった感情がマヒしちまったってのが正しいか……ああっ、何話してんだ。ってことで、オレは寝《ね》る！　おやすみ！」

「またのごりようをおまちしています」

　その場に横たわりバスタオルを被《かぶ》って、あっという間に眠《ねむ》る。この寝つきの良さは特技といっても差し支《つか》えないな。

　意味深なことを話していたな。彼女には人に言えない事情があるようだ。根掘《ねほ》り葉掘り聞きだす術《すべ》もなければ、隠《かく》しておきたい過去をほじくり出す気もない。

　何だかんだで、もう深夜か。ここの奴《やつ》らも、扉の前と廃墟《はいきょ》と化した砦《とりで》の見張りぐらいしか起きてないのだろう。行動を起こすなら今なのだが自動販売機に何をしろと。まさに手も足も出ない。

俺に出来ることは彼女が処分されると考えて、再び襲《おそ》いに来るかもしれない馬鹿《ばか》共から結界で守るぐらいか。


落ち着かないので部屋を見回しているのだが、古びた机、椅子《いす》、資料、魔道具《まどうぐ》の灯《あか》り、工具らしき物ぐらいしかない。天井高《てんじょう》は3メートル程度で、壁《かべ》も床《ゆか》も天井も石造りで見るからに重厚で頑丈《がんじょう》そうだ。

脱走《だっそう》といえば壁を掘るというのが定番中の定番だが、何年かけたら可能なのだろうな。

結局、何度見回しても打開策が見つかる訳もなく、明日を待つしかないと諦めかけていた。

その時、微《かす》かに流れてくる音と共に自動販売機の体が微かに揺《ゆ》れた。え、今のは。ほんの僅《わず》かだったけど、何かが弾《はじ》けたような音がしなかったか。

実際にはない耳を澄《す》ますと、遠くで何かが爆発《ばくはつ》するような音が再び聞こえ、その他にも剣戟《けんげき》のような音がする。

「おい、何の音だ！」

「上からだぞ！」

見張りの焦《あせ》っている声と駆《か》けあがっていく足音が遠ざかっていく。これって砦が襲撃《しゅうげき》

されているのか⁉

だとしたら、ヒュールミを起こさないと。

「あたりがでたらもういっぽん　あたりがでたらもういっぽん　あたりがでたらもういっぽん」

「ふえぃ？　え、何だ何だ、え、お、ど、どうした、ハッコン」

涎《よだれ》を手で拭《ぬぐ》いながら、ぼーっとした表情で俺を見つめている。説明のしようがないので、取りあえず寝起きの缶《かん》コーヒーをどうぞ。

「おっ、すまねえな。くはあああぁ、目覚めのいっぱいは最高だぜっ」

相変わらず、オッサン臭《くさ》いが今それはどうでもいい。この状況《じょうきょう》、考えられるのは襲撃だよな。問題は奴らが戦っている相手だ。

襲撃をしているのが何者かというのは可能性が二つぐらいか。階層の魔物が襲ってきた。もしくは——ハンターたち。

集落が活気づくということは金の匂《にお》いを嗅《か》ぎつけた、こいつらみたいな悪党どもも流れ込んでくるということだ。俺を盗《ぬす》み出したのが初犯でなく、何度も犯罪を重ねていたと仮定しよう。こいつらはマークされていたのかもしれない。

だとしても偶然《ぐうぜん》にしては運が良すぎる。となると……。

あっ、もしかして、俺が盗まれるのを待っていた？　かなり儲《もう》けている鉄の塊《かたまり》である俺って絶好のカモじゃないか。自分で動くことも抵抗《ていこう》もできない巨大《きょだい》な貯金箱が路上に置かれている。そりゃ、犯罪者としては狙《ねら》ってくれと言っているようなものだ。

そして、俺を盗むとなるとかなり大掛《おおが》かりになる。重量も相当なものなので運ぶのに手間もかかる。囮《おとり》としてこれ程《ほど》最適な相手もいないだろう。

え、もしかして熊《くま》会長あたりが考え出した作戦に利用された？　でも、熊会長なら事前に教えてくれる筈だ。いや、教えようとしていたところを襲われたから便乗したのか。どちらにしろ、この予想が的中していたら助かるぞ！

「この音……誰《だれ》かが争っているのか」

ヒュールミはようやく目が覚めたようで、いつもの鋭《するど》い目つきで扉まで移動して聞き耳を立てている。

「やっぱり、誰かと戦ってやがるな。何者かは不明だが好機かもしれないぜ」

彼女も同じ意見か。ここで一番困るのは両者全滅《ぜんめつ》パターンだ。そうなったら俺たちは閉じ込められたままになる。

さっきから扉を開こうと奮闘《ふんとう》しているようだが、外側から鍵《かぎ》が閉められているようで、どうにもならないっぽい。

「こぉぉぉぉん」

え、今の声は。聞き覚えのある声にハッとなる。ヒュールミも思うところがあったのだろう、眉根《まゆね》を寄せて扉にへばりついている。

「はあああっこおおおおん！　どこにいいいい、おるんやああああああ！」

この聞き覚えのあり過ぎる、分厚い扉の向こうからも聞こえてくる大声は――

「ラッミス!?」

そう、ラッミスの声だ！　彼女の声を俺が聞き間違えることはない。つまり、今争っているのはハンターたちということだ。助かるぞ！

「あ、え、何であの子が。ハンター協会が動いたってことなのか。それにハッコンの名を呼んでいたぞ。もしかして、知り合いなのか？」

「いらっしゃいませ」

「おおおっ、そうか！　なら、俺たちは邪魔《じゃま》と足手まといにならないようにしておこうぜ。人質《ひとじち》に取られたらシャレになんねえからな」

俺の傍《そば》にいるのが一番安全だと判断したようで、脱いだ服をまとめて俺に背を預けている。

「いざという時は、守ってくれよな！」

「いらっしゃいませ」

お任せあれ。守ることだけなら自信があるから。

剣戟の音と怒声《どせい》も聞こえてくるようになっている。時折感じる地響《じひび》きの正体はラッミスの可能性が一番高そうだ。枷《かせ》を外して全力で怪力《かいりき》を振るえば、朽《く》ち果てる寸前の砦の壁や柱なんて、彼女にしてみれば発泡《はっぽう》スチロールと大差ない。

「これ、やべえかもしんねえぞ」

ヒュールミが突然《とつぜん》、天井を見上げて声を漏《も》らしている。俺もつられて天井を見たのだが、別に違和感《いわかん》はない。埃《ほこり》が少し降ってくるが、崩壊《ほうかい》する程ではないと思う。

「この上は倉庫になっていてな、クズ共が集めた硬貨《こうか》が貯《た》め込まれている。でだ、それだけならいいんだが、あの馬鹿共、欠陥《けっかん》品の魔石《ませき》……別名、爆石《ばくせき》を溜《た》め込んでいやがるんだよ。本来、魔石ってのは魔道具の燃料になる石なんだが、たまに内蔵されている魔力の流れがおかしい魔石があってな、そういうのは燃料として使えない。下手に使うと不具合が起きて魔道具がぶっ壊《こわ》れるからな」

　魔石もあるのか。魔道具は何で動いているのかと疑問だったが、なるほどそういう仕組みなんだな。

「でよ、欠陥のある魔石は取り扱《あつか》いが難しくてな、兵器に利用しようとして貯め込んでいた国の倉庫が、周りの施設《しせつ》を巻き込んで吹《ふ》き飛んだって話もあるぐらいだ。だから、今では見つけたら即《そく》処分というのは常識になっている……が、アイツらそれを知らずに商人にでけえ爆石を幾《いく》つも魔石として売りつけられて、上の倉庫に後生《ごしょう》大事に放《ほう》り込んでいるってわけだ。馬鹿だろ」

これが他人事《ひとごと》ならバカだなーで済む話なのだが、つまり俺たちの頭の上には不発弾《ふはつだん》が置かれているって事だよな……ばっかじゃねえか⁉

「で、まあ爆石は強い衝撃《しょうげき》を与《あた》えたらやばいってのは理解できたよな。これで上の屋根が倒壊《とうかい》して爆石に当たりでもしたら」

ああ、うん。それ以上は必要ない。ラッミスさん、ちょっと力抑《おさ》えてもらえませんかねっ！

何か破壊音と振動《しんどう》が徐々《じょじょ》に近づいてくるんですけどっ！

「あ、これ、マジでやべえな」

ヒュールミがそう呟《つぶや》いた瞬間《しゅんかん》、轟音《ごうおん》と共に天井が崩《くず》れ落ちてきた。

鼓膜《こまく》があれば麻痺《まひ》しそうな爆音《ばくおん》が地下室を満たし、見上げた天井が軋《きし》み亀裂《きれつ》が縦横無《じゅうおうむ》尽《じん》に走っていく。

あ、これ駄目《だめ》なやつだ！

「ほ、崩落《ほうらく》するぞっ！　きゃあああああっ！」

悲鳴を上げる時は可愛《かわい》いんだなとか思っている場合か、〈結界〉発動！

ギリギリで青い壁が俺を取り囲み、崩壊した天井を弾《はじ》き結界内に入ることを拒《こば》む。もう、何の音か判別がつかない騒音《そうおん》に包まれ、ヒュールミは耳を押さえて蹲《うずくま》っている。

ようやく音が消えると俺たちは瓦礫《がれき》に閉じ込められていた。本来なら光を通さない漆黒《しっこく》の闇《やみ》なのだろうが、自動販売機《じどうはんばいき》の体から溢《あふ》れ出す光で、辺りがよく見えていた。

「た、助かったぜハッコン。できる男だなてめえは」

鉄の体を拳《こぶし》で軽く小突《こづ》かれた。安心できる状況ではないのだが、取りあえずは何とかなったようだ。だけど、問題はこれからか。

食料は何とでもなる。最大の問題は結界の維持《いじ》だ。1万を切っているポイントでは毎秒1ポイント減り続ける結界を持続するには限界がある。一時間で3600ポイントも減るとなると、三時間以内に掘りだしてもらえなければ押し潰《つぶ》されて死ぬだけ。

俺だけなら……頑丈を上げれば耐《た》えられるだろう。だが、それを選ぶ気は微塵《みじん》もない。彼女を見捨てたら俺は一生後悔《こうかい》し続ける。人ではなくなったからこそ、心だけは人でありたい。

それにラッミスの泣き顔を見たくはないからな。

「ハッコン、この結界はずっと維持できるのか？」

「ざんねん」

ここは嘘《うそ》を吐《つ》いてもしょうがない。現状を出来る範囲《はんい》で伝え、二人で助かる方法を探すべきだ。

「一時間ももたないのか？」

「ざんねん」

「二時間がぎりか？」

「ざんねん」

「三時間ぐらいか？」

「いらっしゃいませ」

「そうか、三時間保《も》つかどうか……余裕《よゆう》は殆《ほとん》どないのか、厄介《やっかい》だぜ」

そう、時間が無いのだ。時間切れまでに現状を打破しなければならない。自販機《じはんき》の商品にここから逃《に》げ出せるような道具は——存在しない。

非情であろうがこれが現実か。加護を得るには圧倒《あっとう》的なポイント不足。機能にドリルでもオプションでつけられるなら話は変わるのだが、もちろんそんなものはない。あったとしても膨大《ぼうだい》なポイントを必要とするだろうな。

どう考えても詰《つ》みだが、まだだ。まだ何か組み合わせれば……。

「おい、ハッコン。加護を維持するのには、もしかして金が必要なのか？　前にも金を別のことに使っているって話をしたよな」

「いらっしゃいませ」

ああ、そんな話をしたな。もちろん、硬貨を大量に得ることが出来れば、ポイントに変《へん》換《かん》して結界を保てるが、ヒュールミは硬貨と荷物を全部奪《うば》われたと言っていた。そんな金、何処にも存在しない。

「やっぱそうか。ならどうにかなるかもしんねえぞ。ハッコン上を見てみろよ」

何とかなる？　素直《すなお》にそれを信じられなかったが、視線を上に移動すると元々は天井《てんじょう》だった瓦礫が埋《う》め尽《つ》くしている。これでどうしろ——え、これって。

「見えたか？　あれって硬貨の詰まった袋《ふくろ》だよな。上が倉庫だって話したのを覚えているか」

ああ、そうか。真上に倉庫があったから、この大惨事《さんじ》を引き起こしたのだった。床《ゆか》が抜《ぬ》ければ、倉庫にあった物が下に落ちてくるのは道理。

なら、その袋だけに結界内へ入ることを許可する！

地面に落ちた子供がすっぽり入れるぐらいの袋の口から、金銀銅が入り混じった硬貨が溢れている。よおおおし、これだけあれば結界の維持は余裕だ。零《こぼ》れている硬貨だけでも丸一日は余裕で保つだろう。

あとは料金設定を商品一個、金貨一枚以上に変更《へんこう》してやる。

「よーし、何でも好きなの買ってやるぜ！」

金貨、銀貨、銅貨が大量に投入され、ポイントが信じられないぐらいに上がっていく。たぶん、違法な行為《こうい》で手に入れた金銭だとは思うが、被害《ひがい》にあった人に返しようがないので俺が有意義に使わせてもらいます。

これで、あいつらの親玉が無事で、貯め込んだ金がすべて消えていると知ったら発狂《はっきょう》するかもしれないな。

結界の心配はなくなった。三日も耐えれば、ラッミスなら瓦礫を排除《はいじょ》して俺を掘《ほ》り当ててくれるだろう。加えて俺が声を出し続けておけば、近いうちに気づいてくれると信じている。

生命の危機が遠ざかり、ようやく心に余裕ができた。あとは助けを待つだけでいい。

◆

ヒュールミは完全にくつろいで金貨一枚以上で購入《こうにゅう》した高価な成型ポテトチップスを齧《かじ》っていた。今はお腹一杯《なかいっぱい》になって眠《ねむ》いのか静かだが。

「はぁーはぁーはぁはぁ、何だ……息が、苦しい」

えっ、顔色が悪くないか。呼吸も荒《あら》く、額に手を当て苦しそうに見える。一体どうしたんだ、さっきまではあんなにも元気だったの……ああっ、馬鹿《ばか》か俺は！

自分が機械の体になったことで、間抜《まぬ》けなミスを犯《おか》してしまった。今、彼女は窒息《ちっそく》状態だ。俺と違《ちが》って人は呼吸を必要とする。瓦礫で隙間《すきま》なく埋め尽くされ密閉された空間で、人は長く生きられない。

くそっ、少し考えたらわかったことだろ。自分が死なないからって油断をして、彼女をみすみす危険に晒《さら》してしまった。

「頭がいてぇ、はぁはぁはぁ」

どうすればいい。時間の余裕はさっきよりもないぞ。ヒュールミが窒息して気を失ったら、俺にはどうすることもできない。酸素が不足しているのなら……酸素……そうか！

確かあったよな、この機能。取ることはないと思っていたのだが、今ほど、俺が自動販売機マニアで良かったと思ったことはない。

自動販売機がレトロな感じに変形する。長方形のお世辞にもデザインセンスがあるとは言えないフォルムにチェンジすると、上の方にある文字が漢字で表示される。

『酸素自動販売機』

体の中央部には鼻と口をすっぽりと覆《おお》うことが可能なマスクがあって、細いチューブで本体と繋《つな》がり、それを当てることにより酸素を吸うことが可能となるのだ。

「はぁはぁ、こ、これは、どうすれば」

本来50円で3000ccの酸素を供給するシステムだが、今回はもちろん無料だ。彼女が気づかなくても大丈夫《だいじょうぶ》なように酸素を出し続けておく。ようは、この空間に酸素を供給できればいいのだから。

「はぁはぁ、ここから、はぁはぁはぁ……何かが出ている……吸えって、はぁはぁ、ことかぁ」

「いらっしゃいませ」

彼女はマスクをしっかりと口に当てた。貪《むさぼ》るように酸素を吸い続け、苦しそうな顔が段々と穏《おだ》やかになっていく。よかった、もう大丈夫だな。

はあああぁ、焦《あせ》った。自動販売機博物館やミュージアムを見つけたら迷わずに飛び込み、自動販売機マニアのコミュニティーに加入していた甲斐《かい》があった。

この酸素自動販売機は昭和40年頃《ごろ》に実際に存在していた自動販売機だ。当時の日本は大気汚染《おせん》が問題になっていて、その対策の一環《いっかん》なのか銀座《ぎんざ》に置かれていたそうだ。

俺の知りうる限りだが、変わり種の自動販売機の上位に入る逸品《いっぴん》だな。

ポイントは潤沢《じゅんたく》なので結界と酸素を同時に発動し続けても、問題はない。後はのんびりラッミスの助けを待つことにしよう。もちろん、今度こそ見落としがないか調べてからだが。

食事は何時《いつ》でも提供できるし、大量購入した商品が床に散らばっているので暫《しばら》くは何の問題もない。ポイントも必要以上にある。何か異変があった時に備えて、俺は暫く不眠《ふみん》不休で警戒《けいかい》態勢を維持。これで万全《ばんぜん》、だよな。見落としはない、と思う。

これまでが酷《ひど》かったので断言ができないのが悲しいが、失敗をしたとしてもフォローが出来れば何とかなる。助かるまでは油断をしないことを自分自身に誓《ちか》おう。

「ありがとうよ、ハッコン。あれだな、お前さんが人間だったら、マジやばかったかも」

座り込んだ状態で照れながら上目遣《うわめづか》いをされたら、自動販売機なのに胸が——装置が高鳴りそうになる。だけど、物理的にも俺の背を預けられるのはラッミスだ。

今も、俺が押し潰されたんじゃないかと、泣いていないだろうか。俺の結界と頑丈《がんじょう》なことを知っているので大丈夫だとは思うが、無茶してないだろうな。

そんな俺の思考を遮《さえぎ》るように、頭上から妙《みょう》な音が響《ひび》いてくる。ガリガリと何かを削《けず》るような音に重低音が混ざりあっているが、腹に響く音は何か重い物が地面に落ちたのか。

その音も直《す》ぐに掻《か》き消されることになる――ある少女の叫《さけ》びにより。

「ハッコン！　どこ、どこっ！　無事じゃなくても返事して！」

あの悲痛な声は……泣いているのか。まったく、自動販売機を想《おも》って泣くなんて、マニアの俺も真っ青だよ。

「ふはははは。ラッミスが呼んでいるぞ、ハッコン。返事してやれ」

立ち上がったヒュールミがバンバンと俺の背を叩《たた》いている。

頭上の瓦礫が吹《ふ》き飛ばされ、魔法《まほう》の灯《あか》りに照らされたラッミスが俺たちを覗《のぞ》き込んでいる。顔は鼻水と涙《なみだ》で濡《ぬ》れ、泣きはらした目元は腫《は》れ、目が真っ赤に充血《じゅうけつ》している。俺のことをどれだけ心配してくれていたか一目でわかる。

「はっこおおおおんっ！」

彼女は躊躇《ためら》うことなく、頭上から俺に向かって飛び込んでくる。結界にラッミスが入れるように許可を出すと、青い壁《かべ》をすり抜け俺にラッミスが激突《げきとつ》した。

《25のダメージ。耐久力《たいきゅう》が25減りました》

ぐはっ、く、思ったよりもダメージがあったな。でも、空気読もうなダメージ表示。

「ごめん、ごめんね。私が目を離《はな》したから、こんなことになったんだよね」

そんなに気にしないでいいから。あと抱《だ》き付いてくれるのは嬉《うれ》しいけど、身体《からだ》がミシミシって軋《きし》むダメな音がっ。

《10のダメージ。耐久力が10減りました》

……耐久力回復しておこう。されるがままにしていたら、助かった命を失う羽目になりかねないぞ。落ちつこうな、ラッミス。

「ありがとうございました」

「ごめんね、ごめんね、無事でよかったぁぁ」

泣きじゃくる彼女を抱きしめる腕《うで》もないし、慰《なぐさ》める言葉を伝える口もないけど、キミと会えてよかったと心から思っている。また会えて嬉しいよ、ラッミス。

◆

ハッコンか……変わった魔道具だが、あまりにも謎《なぞ》が多すぎる。

自意識がある魔道具。人の魂《たましい》が宿ったようだが、そもそも、この箱は何なんだ。見たことも聞いたこともない材質で作られた容器に、その中身も今まで経験したことがない味わいで、おまけに美味ときている。

知識量はそれなりに自信があったが、こんな不思議な箱はどんな書物にも記載《きさい》されてい

なかった。ハッコンと同程度の性能を持つ魔道具を作り上げたら、それだけで巨万《きよまん》の富が転がり込んでくるのは間違《まちが》いないだろう。

そんな魔道具に宿る人の魂。はい、いいえ、でしか意思の疎通《そつう》ができないのがもどかしいが、それでも人の好《よ》さが伝わってくる。

昔から相手の善悪を感覚で見抜《みぬ》くところがあったラッミスが、あれ程《ほど》までに懐《なつ》いているのだから悪い奴《やつ》ではなさそうだが。

今もラッミスに抱き付かれてミシミシと音を立てているが、文句の一つも言わずに堪《こら》えている。オレを瓦礫《がれき》から救い、懸命《けんめい》になって助けてくれた不思議な魔道具。

本当に何なんだろうなハッコンって。お金を換算《かんさん》して力に変えているのは間違いなさそうだが、そういや加護まで所有していたな。それも伝承でしか聞いたことのない〈結界〉という絶対防壁《ぼうへき》。

謎に謎が重なり、更《さら》に謎を混ぜ込んだような存在。

魔道具技師としては魂の昂《たか》ぶりが抑《おさ》えられなくなるぐらいの研究対象だ。

ハッコンさえいれば飲食の心配はなく、美味《おい》しい物を即座《そくざ》に口にできる。〈結界〉があるので万が一の事態になっても怪我《けが》の心配はいらない。

かなりの重量があるので普通《ふつう》なら運ぶことすら困難だが、ラッミスの怪力《かいりき》があれば全《すべ》てが解決する。これから、このコンビがもっともっと有名になる日が来るかもしれないな。

ハンターたちからの需要《じゅよう》はかなりあると見て間違いはない。大手のハンターグループから声がかかるのも時間の問題か。食料の心配がなくなる面や〈結界〉の絶対防御《ぼうぎょ》は捨て置くにはもったいないよな。

これからラッミスを取り巻く環境《かんきょう》が一変しそうだ。オレも幼馴染《おさななじみ》として力になってやるとするか。ハッコンにも借りがあるからな。

ハッコンの能力を解き明かし、魔道具の箱に封印《ふういん》された魂も救ってやらねえとな。

「ラッミス、そろそろ離れてやれ。ハッコンの体が悲鳴を上げているぞ」

「離したら何処《どこ》かに行っちゃうからダメなの、ヒュールミ……あれ、何でここにいるの」

今まで気づいていなかったのか。本当に一直線で眩《まぶ》しい奴だよ、お前は。

だが、その素直《すなお》な所が危なっかしい。暫くはまた一緒《いっしょ》に居てやるとするか。それだけご執心《しゅうしん》なハッコンにも興味が湧《わ》いてきたしな。

「まあ、何だ。ハッコンこれからもヨロシクな」

そう言って鉄の体を小突《こづ》くと、ハッコンは下の取り出し口に甘い飲み物を落とした。

いや、別に催促《さいそく》したわけじゃねえんだが……。

エピローグ

Reborn as a Vending Machine, I Now Wander the Dungeon.

「団長が金にならないのに、手伝うって珍《めずら》しいっすよね」

つばの広い帽子《ぼうし》を被《かぶ》った無精《ぶしょう》ひげの隣《となり》に立つ、ベリーショートの女性が床《ゆか》に空いた穴を覗き込んで首を傾《かし》げている。

「お前な、俺はいつだって人に優《やさ》しく、自分にも優しい男だぜ」

帽子のつばを指で弾《はじ》き、瓦礫に片足を乗せて格好をつけているつもりだが、団員たちの反応は冷たい。赤と白の髪《かみ》をしている以外は区別のつかない青年二人は露骨《ろこつ》に大きなため息を吐《つ》いている。

「団長はハッコンさんに価値を見出《みいだ》しているのですよ。我々の目的を忘れてはいないでしょ」

波のようにウェーブした青く美しい髪を撫《な》でる女性が、無表情のまま団員たちに説明を始めた。

「ここや、他《ほか》の階層にいる……階層主を倒《たお》す遠征《えんせい》にハッコンさんは不可欠です。ここで恩を売っておけば勧誘《かんゆう》もしやすいだろうという、団長の汚《きた》……思慮《しりょ》深さですよ」

「フィルミナ副団長、今、罵倒《ばとう》しかけたよな」

「何を仰《おっしゃ》っているのですかケリオイル団長。私は貴方《あなた》の従順な部下ですよ……たぶん」

最後はボソッと吐き捨《す》てるように口にしたのだが、団長には聞こえていたようで、こめかみがぴくぴくと痙攣《けいれん》している。

「でも、確かにあの魔道具が利用できたら、遠征楽になるっすよね！」

「そうだろ、そうだろ。俺たちには目的がある。その為《ため》にはどんなことでも、どんな手段を用いても、やり遂《と》げないとな。ハッコンは俺たち――愚者《ぐしゃ》の奇行《きこう》団の願いを叶《かな》える為に必要不可欠なのさ」

途端《とたん》、団員たちの表情豊かな顔から感情が抜《ぬ》け落ちた。さっきまでのおどけた様子は鳴りを潜《ひそ》め、眼光鋭《するど》く獲物《えもの》を狙《ねら》う野獣《やじゅう》の様な捕食《ほしょく》者がそこにいた。

その者たちは静かに、崩《くず》れ落ちた穴の中で少女と抱き合う魔道具の箱を、じっと見つめていた。

あとがき（あえて謝辞以外、２０１６年の内容そのままです）

今、こうして、あとがきを読んでくださっている貴方《あなた》はどのような方でしょうか。「小説家になろう」で既《すで》に本編を読んだことがあったとしてもご安心ください。追加エピソードもありますので。内容を全く知らない状態から本編を読み終えているのであれば……内容はどうでしたか？　面白《おもしろ》いと思っていただけたのなら、私としては大満足です。

内容知らないけど、あとがきから読んでくださっている方。私の友人もそのタイプなのですが、本編を読みたくなるような驚愕《きょうがく》の真実を一つ明らかにしておきます。ここだけの話ですが、主人公は自動販売機《じどうはんばいき》なのですよ……題名を見たらわかる？　失礼しました。今のではさすがに説明不足なので、本編について少し触《ふ》れておきます。

先程《さきほど》と説明が重なりますが、主人公は自動販売機マニアをこじらせて死亡した男なのですが、何の因果か自動販売機に転生します。ちなみに、この設定を友人に初めて話した時に「また変なの書いて……」と、ありがたいお言葉をいただきました。

そんな自動販売機になってしまった主人公が異世界の湖畔《こはん》でポツンとたたずんでいると、そこにやってきたのがメインヒロインのラッミス。一台と一人が出会い、物語が始まる。と綺麗《きれい》にまとめたつもりなのですが、いかがでしょうか。

主人公は自動販売機なので自力で動くこともできず、会話もまともにできない。主人公として相応《ふさわ》しくないキャラかもしれません。ですが、そんな逆境にくじけず悪戦苦闘《くとう》しながらも、何とかしていく姿が「小説家になろう」で多くの人に受けた要因ではないかと思っています。

イケメンなのに自称《じしょう》モテない主人公に飽《あ》きたという読者の方に、おすすめできる作品ではないかと勝手ながらに思っています。私としては主人公の見た目もカッコイイと思っているのですが。同意を得られることは少ないです。

さて、話はがらっと変わりますが、私は小説家を目指した切っ掛《か》けが特殊《とくしゅ》でした。

数年前まで父の自営業を手伝って、貧乏《びんぼう》なりにも忙《いそが》しく充実《じゅうじつ》した日々を過ごしていたのですが、ある日、仕事中に父が高所から転落死をして跡《あと》を継《つ》ぐ羽目になったのです。

突然《とつぜん》の社長業に追われる日々に加え、目の前で地面に落下していく父を、人が死んでいくさまを目《ま》の当たりにしたことにより、高いところが駄目《だめ》になってしまい、仕事そのものが苦痛になっていきました。元々経営状態が悪かったことに加えて、手の平をあっさり返す世の中の厳しさや、金が絡《から》んだ時の人の醜《みにく》さを、これでもかというぐらいに見せつけられ、当時の私は心身共に弱っていたのを覚えています。

そんな状態で仕事を続けられるわけもなく、半年も経《た》たずにあっさり廃業《はいぎょう》。残された仕事や後始末に追われ一年が過ぎたところで、心にポッカリと穴が空き、抜《ぬ》け殻《がら》のような日々を過ごしていたある日、ふと思ったのです。人は父のようにいつ死ぬかわからない。今までの人生でやりたいことはしてきたのか？　そんな疑問が頭をよぎりました。

何がやりたいのか。もういい大人である自分が夢を追うなんて馬鹿《ばか》げているのではないか。そんな葛藤《かっとう》を抱《いだ》きながらも、その答えを探し続けていました。

無気力なまま家でボーっとしていると、昔から本を読むことだけは大好きだったな、唐《とう》突《とつ》に何故《なぜ》かそんなことを思い出し、小説を書き始めたのです。

今思えばただの現実逃避《とうひ》だったのかもしれません。ですが、書いている内に物語を生み出し、文字に起こすことが楽しくなってきて、いつの間にか創作活動に没頭《ぼっとう》していました。

実際書き上げてみると、人に見てもらいたいという欲求が膨《ふく》れ上がり、何か手段はないかと考えている時に「小説家になろう」という、小説投稿《とうこう》サイトを探し当てました。

そこからは苦難の連続でした。会心の作品だと自画自賛していた異世界に転移した勇者が主人公の小説を投稿したのですが、評価してくれた人が数人だけという散々な結果。

そこで心機一転、作風を変えて、近未来の一風変わったエロ要素ありのバトル物を投稿したのですが、一作目よりも評価が低いというオチが待っていました。

ここで、一度心が折れかけたのですが、自分で納得《なっとく》するまでやってから諦《あきら》めようと、まずはどのような作品が受けるのか情報収集をして、新たな作品を書き上げました。

すると、今までとは比べ物にならない数の評価をしてもらい、日間ランキング一位になるという快挙を成し遂《と》げたのです。その作品はもう少しで書籍《しょせき》化に手が届きそうだったのですが、様々な事情があり断念することになりました。ですが、一度そこまでたどり着けたことが自信となり、それからも様々な作品を書き続けてきました。自分らしさを追求したシリアスな物語や、明るくも突飛《とっぴ》な物語。どれも、一定の評価はいただけたのですが書籍化には及《およ》ばず、気が付けば投稿を始めてから四年の歳月が流れていました。

自分の中で決めていたのですが、今年の誕生日を迎《むか》えるまでに書籍化の打診《だしん》がなければ、小説を書くことを止《や》めようと。迷惑《めいわく》を掛けてきた身内の為《ため》にも、堅実《けんじつ》な道を目指そうと。最後の作品として、難しいことは考えずに奇想天外《きそうてんがい》でもいい、自分の書きたい小説を書こう。そう思って送り出した作品が「自動販売機に生まれ変わった俺は迷宮《めいきゅう》を彷徨《さまよ》う」でした。読者の需要《じゅよう》を調査して、悩《なや》みに悩み抜いてプロットを揃《そろ》えていた作品ではなく、自分らしさを追求した作品が一番の評価を得ることになり、思い通りにいかない世の中の面白さを知ることとなりました。人生ってわからないものですね。

それでは最後にこの作品に関《かか》わってくださった多くの方に謝辞を。

新装版からイラストをお任せする憂姫《ゆうき》はぐれ先生。別作品でもお世話になりました。今作でもよろしくお願いします！

担当のKさん。ご迷惑をおかけしないように頑張りますので何卒お手柔らかに。

スニーカー文庫編集部の皆《みな》さん、前担当のMさん、新装版でもお世話になります。

九二枝《くにえだ》先生。コミカライズ版が面白くて面白くて、毎話楽しみで仕方ありません。今後ともよろしくお願いします。

アニメに携《たずさ》わってくださっている多くの方々。本当にありがとうございます！　アニメ関連ではお礼を言う相手が多すぎて全員に感謝の言葉を伝えるにはページ数が足りません。

ハッコンたちに声と体と命と世界を与えてくださったことに心から感謝しています。

そして、この本を手に取ったそこの貴方。楽しんでもらえましたか？

面白かったと思ってもらえたなら、作者としてそれに勝る喜びはありません。

最後に家族、友人、親戚へ
アニメ化までいったよ！

昼熊《ひるくま》

【新装版《しんそうばん》】自動販売機《じどうはんばいき》に生《う》まれ変《か》わった俺《おれ》は迷宮《めいきゅう》を彷徨《さまよ》う

著　昼熊《ひるくま》

角川スニーカー文庫　23707

2023年７月１日　初版発行

発行者　山下直久

発　行　株式会社KADOKAWA
〒102-8177 東京都千代田区富士見2-13-3
電話　0570-002-301（ナビダイヤル）

印刷所　株式会社暁印刷
製本所　本間製本株式会社

Printed in Japan　ISBN 978-4-04-111959-4　C0193

★ご意見、ご感想をお送りください★
〒102-8177 東京都千代田区富士見 2-13-3
株式会社KADOKAWA　角川スニーカー文庫編集部気付
「昼熊」先生「憂姫はぐれ」先生

本書は、2016年８月に刊行された「自動販売機に生まれ変わった俺は迷宮を彷徨う」を加筆修正、及びイラストを変更したものです。